講談社X文庫

女の子のホンキ

小林深雪

TEEN'S HEART

15歳のある朝
ふと
初めて
気がつく
あなたを好きなこと
女の子のホンキ

女の子のホンキ

CONTENTS

イラストレーション／牧《まき》村《むら》久《く》実《み》

女の子のホンキ

放課後のキス

真琴《まこと》が……。
桐島《きりしま》真琴がキスしてた！
しかも、学校で！

5月の空気は、もうほんのり夏のにおいがする。
光の粒《つぶ》もいっそう鮮《あざ》やかになって、新緑の緑が輝《かがや》いてる。
パウダーブルーの空。
刺繍《ししゅう》された白い雲。
さやさや。
葉ずれの音。
5月の風が優《やさ》しくささやいてる。

ああ、気持ちいいなぁ。

そんな放課後。

家に帰ろうとして。

あたし——大石理保《おおいしりほ》。高校1年——は、自転車置き場まで歩いていった。

お気に入りの愛車。

真っ赤な自転車のチェーンを外してたら、ふっと、向こう側の片隅《かたすみ》に立っている男の子を見つけた。

あれ？

あの背の高い後ろ姿は……。

真琴？

イトコの真琴に間違《まちが》いない。


「あっ。まこ……」


一緒《いっしょ》に帰ろう。

そう続けようとした、そのとき。

真琴の隣《となり》に女の子がいるのに気がついた。
あ。
美雨《みう》さんだ。
真琴の彼女。
ショートカットでキリッとした美人。
真琴と同じクラス。
ふたりとも、あたしよりひとつ年上。
高校2年生なんだけど。
でも、こうやってみると。
ふたりとも大人っぽいよなぁ。
真琴も美雨さんも、私服だとよく大学生に間違《まちが》えられるんだって。
ふたりは、なにやら、楽しそうに話してる。

あたし、さっ。
とっさに屈《かが》んで、自転車の陰《かげ》に隠《かく》れた。
どうしよっかな。

そっと近寄って。

わっ！

なんて、ふたりのこと驚《おどろ》かせちゃおうかな。

なんて、すごくガキっぽいこと考えていた自分が、あとから思うと、ちょっと悲しい。

こうやってみると。

真琴って、かなりポイント高い。

背も高いし。

バスケやってるから、胸板《むないた》とかもバーンとあって。

立ち姿が素敵《すてき》なんだ。

制服のブレザーにネクタイもよく似合ってるし。

なんたって、脚《あし》も長いし。

顔立ちのバランスもいいから、今どきのモデルって感じ。

美雨さんは、ちょっと近寄りがたいルックス。

クールビューティー。

キリッとした切れ長の瞳《ひとみ》。

性格も、けっこうハッキリしてる。

制服のスカートから、すんなり白い脚《あし》がのぞいてる。
でも、その気が強そうな美雨さんが。
こんなふうに真琴と一緒《いっしょ》のときだけは、テレてはにかんだ表情になっちゃう。
ああ、真琴のこと好きなんだな。
恋してるんだな。
って、伝わってきて微笑《ほほえ》ましい。
でも、こうやってみるとほんとお似合いだ。
わが聖和《せいわ》大学付属高校ナンバー1のベストカップル。
って、みんな、ウワサしてるだけある。

それに引《ひ》き替《か》え……。
あたしなんか、カレシいない歴、15年だし。
高校1年だけど、丸顔の童顔。
よく中学生に……。
いや、小学生にも間違《まちが》われる。
今どきの小学生ってオシャレじゃない？

メイクとかしてるコもいて大人っぽいし。

ちぇっ。

でも、ほんと。

真琴ってメンクイだよな。

真琴の彼女は、いつも、「かわいい」より「きれい」ってタイプ。

中学のときの彼女も美人だったなぁ。

なんたって、真琴のお母さんの真保《まほ》さん（あたしの伯母《おば》さんね）って、ものすごーい美人だし。

真琴のお姉さんのレイナさんも、かなりの美形。

日常的にあんなに美人を見慣れてたら、好みもそうなるのかな。

あたしなんか、なんとか愛嬌《あいきょう》でもってます！

って、レベルだもん。

イトコなのに、この差ってなに？

少しは、あたしにもその美形の遺伝子を分けてほしかった。

まあ、うちのママと真保さんって、実の姉妹のくせに全然似てないしな。

などと、思ってたら。
ふいに真琴が美雨さんを抱《だ》き寄《よ》せ。
！
キスをした。
最初は軽く。
でも、そのあと。
美雨さん、ローファーのカカト浮《う》かせて背伸《せの》びして。
ぎゅうっ。
真琴の首に両手を回して抱きついた。
！　え？
え？
うそー！
ここ、校内じゃ死角になってるとはいえ。
でも、でも、学校だよーっ。
あたし、コーチョク！

しかも、美雨さん……。
ダイタンにも……。
今度は自分から、真琴にキスをした。
真琴も美雨さんのウエストに手を回して、体、しっかり支えてるし……。
うわっ。
濃厚《のうこう》！
刺激《しげき》強すぎ。
見ちゃいけないっ。
って、思うけど。
でも、でも、目が離《はな》せない……。
長い長いキス。
やばいっ。
これ以上見てたら、心臓に悪い～。
あたし、慌《あわ》てて、その場から逃亡《とうぼう》しようとした、んだけど。
あたし、ほんとにトロい。
「きゃっ」

慌《あわ》ててたせいで、並んでた自転車に足をひっかけて、転倒《てんとう》！

「ぎゃーっ」

ガシャ、ガシャ、ガシャーン！

並んでた自転車が次々、ドミノ倒《たお》しになる。

大惨事《だいさんじ》！

ぎえーっ。

どうしよーっ。

やっちゃったー。

頭の中、パニック。


「えっ！」

「！」

真琴と美雨さんが、びっくりしてこっちを振《ふ》り向《む》いた。

「理保!?」

「理保ちゃん？」

あっちゃー。
見つかっちゃったー。

プロポーズ

「理保《りほ》⁉」

「理保ちゃん？」

真琴《まこと》と美雨《みう》さんが、ぱっと体を離《はな》して。

こっちを見た。

「ご……ごめんなさい！」

あたし、ペコリ！

頭を下げて、

「盗《ぬす》み見《み》してたワケじゃないよ！」

そう言いわけしてから。

その場から、自分の自転車に乗って、全速力で走り出した。

えーい。

逃亡《とうぼう》だ！


「おい。こら。待て！　理保」

背中から真琴の声がするけど、かまっちゃいられない。

必死でペダルをこぐ。

「1―Aの大石《おおいし》理保～！　自転車、直してけよーっ」

げっ。

真琴のヤツ。

フルネームで呼ばなくてもいいじゃないッ！

「自転車、直していけって！」

真琴の言葉も振《ふ》り切《き》って。

全速力で校門を飛び出す。

すっかり葉桜になった桜並木の下を自転車で走る。

でも、まだ。
心臓がドキドキしてる。
頰《ほお》が熱い。
真琴。
あの、まこちゃんが！
キスしてるとこ見ちゃった。
見ちゃったよー！

「ただいま……」

あたしが帰ったのは、学校から自転車で10分ほどの桐島《きりしま》家。
じつは、今、家庭の事情で。
桐島真琴の家に、あたしは居候《いそうろう》させてもらってる。
まだ、伯父《おじ》さんも伯母《おば》さんも仕事から帰ってきてない。
あたし、とぼとぼ、階段を上がって、2階の自分の部屋に入る。
ショックが収まらない。

あたしなんか。
あたしなんか——！
高校1年にもなってカレもいないのに！
同じクラスの桜井《さくらい》と、ちょこっとおしゃべりできただけでも嬉《うれ》しくて。
毎日、ドキドキしてるのに。
あたしが、そんないじらしいことで喜んでる間に。
真琴は美雨さんとキスしてた……！
しかも、かなりかなりハードなヤツ。
しかも、学校で！
自転車置き場で！
しかも、
いかにも、
「やりなれてまーす！」
って感じのキスだった。
えーっ。

ってことは。
その先も？
…………。
真琴と美雨さんって、どこまでケーケンしちゃってるんだろ？
あんなことや。
こんなことも。
うそっ。
きゃーっ。
やだーっ。
真琴ってやらしーっ。
でも、でも。
かき消しても。
かき消しても。
頭の中に、真琴と美雨さんのキスシーンが浮《う》かんでしまう。
そして、その先も……。
！

「ぎゃーっ」
あたし、ベッドに倒《たお》れ込《こ》む。
真琴もそういうことする男の子だったんだ。
オトコなんだ。
そう思ったら。
心臓バクバクして。
頰《ほお》がカッと熱くなってきた。
刺激《しげき》、強すぎ。
でも、その一方。
なんだか、急に真琴を遠くに感じて。
寂《さび》しいな。
置いてきぼりにされたみたいだ……。
真琴がこんなふうになっちゃったなんて……。
一緒《いっしょ》に暮らすようになって、ショックだった。
じつは、真琴は、あたしの初恋の相手なんだ。

ひとつ年上のイトコの真琴とは、子供の頃《ころ》からほんと仲良しで。
あたし、すごくなついてた。
小さい頃の真琴は女の子に間違《まちが》われるくらい可愛《かわい》くって。
頭もよくて、運動神経もよくて。
とにかく優《やさ》しくて、頼《たの》もしくて。
あたしにとっては王子様だった。
幼稚園《ようちえん》のときから、あたし、
「大人になったら、まこちゃんと結婚する」
って、宣言してた。
それに、小学1年生のときには、なんと、自分からプロポーズまで、した！
そう。
子供のときは、「まこちゃん」って呼んでた。
でも、真琴が、
「げ。『まこちゃん』は恥《は》ずかしいから、学校では『真琴』にしろ」
って、言ってきたんだ。
いーじゃないねぇ？

だから、今は、「真琴」って呼ぶ。
でも、気を許すと。
「まこちゃん」になっちゃうんだよなぁ。
あたしがまこちゃんにプロポーズしたのは、ちょうど今みたいな季節だった。
春の終わり。
ジャングルジムのてっぺんで。
シャボン玉を飛ばしながら。
「大人になったら、結婚しよう」
って、告白したんだった。
そしたら、真琴。
「いいよ」
って言って、笑ってくれた。
あの可愛《かわい》かった、まこちゃんは。
でも、いつのまにか、男！
になってた。

しかも、野獣《やじゅう》に……。

プロポーズのこと。

真琴は、もう覚えてもいないのかもね。

ほんと、同じ高校に入ってびっくりしたんだよね。

真琴って、高校じゃ、すごく有名人なんだもん。

先生たちにも、

「へえ。あの桐島真琴のイトコか?」

なんてよく声をかけられるし。

まあ、それは、

「バスケットボールで教室の窓ガラス割って、大騒《おおさわ》ぎだった」

とか、

「下級生をイジメた3年生を殴《なぐ》った」

とか、しょうもないことで有名だったんだけどね。

最初は耳を疑ったよ。

そんなに熱血漢だったんだ?　って。

「ね？　ね？　桐島先輩《せんぱい》のイトコってほんと？」

なんて、知らない女の子から話しかけられたりもするよ。

「桐島先輩ってすっごくカッコイイよね！」

って。

「そうかなー？」

あたしが言うと、みんな、

「そうだよ。わが高校イチのイケメンだよ！」

なんて、言ってくれる。

子供の頃《ころ》は、あたしだって、そう思ってたよ。

でも、真琴と一緒《いっしょ》に暮らすようになったら。

あたし、幻滅《げんめつ》。

かつてのあたしの王子様は——。

寝起《ねお》きじゃ、パンクスみたいなボサボサ頭だし。

パジャマの上着に手をつっこんで、おなかをボリボリ、へーキで掻《か》くし。

風呂《ふろ》上がりはトランクス1枚で、リビングをうろうろしてるし。

あたしが寝《ね》っころがってると、その上、踏《ふ》みつけていくしね。

なんだかねー。
なんだよね。

でもね。
そう思う一方。
みんなの知らない、そんな素顔《すがお》の真琴を知ってるってことが。
ちょっぴり。
嬉《うれ》しかったりもするんだ。
だって、校内で見かける真琴は、なんだか、大人びて。
知らない男の子みたいに見えて、怖《こわ》いんだもん。
特に美雨さんといるときの真琴は、全然、あたしには見せない表情をしてて。
憎《にく》らしくなるよ。

あたしが家族と離《はな》れて。
桐島家に、ひとりで引《ひ》っ越《こ》してきたのは4月の終わり。
今は新しい街での暮らしにもやっと慣れてきたところ。

けど。

それは、いきなりだった。

高校受験も終わって、晴れて第一志望の高校に入学！

したとたん。

4月。

パパの転勤が決まったんだ。

高校に入学してすぐの4月に。

いきなり、転校！

って言われたら、誰だって、動揺《どうよう》するよね？

これから、高校だって面白《おもしろ》くなるとこなのに。

かなり悩《なや》んだよ。

うちのパパは、元プロサッカー選手の大石翼《つばさ》っていうんだけど。

知ってる？

日本代表に選ばれたこともあるんだよ。

その後、現役を引退して、テレビの解説者をやってたんだけど。

先月、突然《とつぜん》、神戸《こうべ》レインズの監督《かんとく》が病気で倒《たお》れて。

新しい監督《かんとく》ということで、突然《とつぜん》、パパに白羽の矢がたったの。

勤務先はもちろん、神戸。

当然、家族会議が開かれた。

パパは、単身赴任《たんしんふにん》すると言ったけど。

ママは、

「パパと離《はな》れるのがイヤ」

だって泣くし。

甘《あま》えん坊《ぼう》の妹、中学1年生の菜保《なほ》も、

「パパとママと離れるなんてイヤ！」

と、中学を転校して神戸に行くことを即決《そっけつ》した。

「じゃあ、一家全員で、神戸に引《ひ》っ越《こ》そうか？」

ママが明るく言ったけど。

あたしの返事は、

「えーっ！　それはないよーっ！」

だった。

だって、考えてもみて？

受験がやっと終わったとこだよ？
また神戸の高校の編入試験を受けるの？
冗談《じょうだん》じゃないよ。
せっかく第一志望の聖和《せいわ》大学付属高校に合格したのに。
けっこう難関だったし。
ここだったら、そのままエスカレーター式に大学にもいけるんだし。
それで、あたし、4月の終わりから、桐島家に居候《いそうろう》させてもらうことになったの。

東京駅の新幹線のホーム。
パパとママと菜保を見送ったときには。
さすがに寂《さび》しくなっちゃったけど。
でも、大好きな、まこちゃんと一緒《いっしょ》に暮らせる！　って、わくわくしてたのも事実。
桐島家からは高校が近くて、自転車で行ける距離《きょり》だし。
満員の電車に乗らなくていいっていうのも、ポイント高かった。
その桐島家は4人家族。

•REINA•
•WATARU•
桐島家
•MAHO•
•MAKOTO•

中学校の数学の先生をしてる伯父《おじ》さん、桐島渡《わたる》さん。
映画の字幕翻訳《ほんやく》の仕事をしてる、伯母《おば》さんの真保《まほ》さん。
そして、桐島家には、ふたりの子供がいる。
上が長女のレイナさん。
真保さんにそっくりの美少女なんだけど。
現在、大学のある国立《くにたち》でひとり暮らしをしている。
だから、今、あたしは、レイナさんのお部屋を使わせてもらっているんだ。
その下の弟が真琴。
あたしよりひとつ上で同じ高校の2年生。

レイナさんのベッドに寝《ね》ころがりながら。
真琴と美雨さんのキスシーンが頭に蘇《よみがえ》ってくる。
かき消しても。
かき消しても。
やだ。
バカ。

まこちゃんなんか。
まこちゃんなんか……。
不潔！
と、そのとき。
なぜか。
美雨さんの顔が、あたしにすり替《か》わった……。
あたしと真琴がキスしてるシーンが。
頭の中に浮《う》かんじゃった。
「ぎゃーっ！」
やだっ。
なんで？
想像したら、恥《は》ずかしくて、のたうち回ってしまう。
やだーっ。
なんで？
なんでよ？
あたしの好きなのは同じクラスの桜井だもん。

真琴のことなんかーっ。

！

ハッとした。

なにやってんだろ？

あたし……。

ひとりでのたうち回って、興奮しちゃって。

バカみたい……。

よ……欲求不満？

「こらっ。理保ッ！」

「うわっ」

そのとき、突然《とつぜん》、部屋のドアがバン！

開いて、真琴が顔を出した。

「なんで、逃亡《とうぼう》したんだよーっ」

うわーっ。
怒《おこ》ってる!

シャボンの庭

あたし、ベッドの上に跳《は》ね起《お》きる。

「ったく、自転車、全部、なぎ倒《たお》しやがって」

「ご。ごめん」

「オレと美雨《みう》で、全部、直したんだぞ」

「ほんとに？　わ……悪かったよ」

「ったく、ドジ！　アホ！　マヌケ！」

「な！　真琴《まこと》が、あんなとこで、あんなことしてるから悪いんでしょ」

「なんだよ？　あんなことって」

「だ……だ……だから」

「なに、赤くなってんだよ？　え？」

「だから……キ……キ……」

「なんだ。キスか」

真琴、あっさり、その言葉を口にした。

「なんだじゃないよ。なんだじゃ！」

「盗《ぬす》み見《み》しといて、逆ギレすんな」

「だって！　高校ん中であんなこと」

「へえ？　理保《りほ》はキスしたことないんだ？」

「え！」

「図星か〜。なんだ、そっか〜」

真琴がニヤニヤ笑う。

こういうときの意地悪そうな顔。

真琴のお母さんの真保《まほ》さんにそっくりなんだ……。

サイアク……。

「理保はボーイフレンドもいないのかよ？」

「い……いないよ」

「なんでだよ？　なんで、つくんないの？」

「つくらないわけじゃ……」

「ってことは、好きなヤツはいるんだ？」

「えっ……」

「否定しないってことはいるんだな。片思いしてんだ？　誰だよ？　誰？」

「誰でもいいでしょ」

「って、オレ知ってんだ～。サッカー部の桜井《さくらい》だろ？」

ぎくり。

「なっ……なんで？」

「やっぱ。図星か。理保、よく、サッカー部の練習うっとり眺《なが》めてるじゃん」

「えーっ？」

バレバレ？

「でも、なんで、桜井のこと……」

「サッカー部に、オレの友達いんだよ。桜井って、理保にちょっかい出してるらしいじゃん？　教えてくれたんだ」

「出されてない！　ただのクラスメイトだよ」

「でも、あいつ人気あるだろ？　2年でも、あいつのファン多いもん。可愛《かわい》いって」

「うそっ」

「美雨も言ってたし」

「美雨さんが？」

「サッカーうまくて、可愛い～。今年の新入生の中じゃ、一番ねって」

えーっ。

うそ。

桜井って、モテてるんだ？

「理保は、告白しないの？」

「え。いや……まだ、そういう段階じゃなくって」

プルプル。

首を横に振《ふ》る。

「なんだよー。意気地《いくじ》ないのな」

真琴が、ニヤニヤしながら、あたしの横、ベッドの上に座《すわ》った。

「可能性ありそうじゃん？　仲いいんだろ？」

「桜井は誰とでも仲良しだもん……それに、あたしは、真琴みたいに簡単にくっついたり別れたりなんてイヤだからね」

「言ってくれるじゃん？」

「ほんとに好きだって思える人が、ホンキであたしのこと好きになってくれたら、つきあうよ。まこちゃんみたいに遊びのつきあいはヤダよ」

「オレは、期間は短いけど、いつもホンキだよ」

「じゃ、美雨さんのことホンキで好き？」

「好きだよ」

「どんなところが？」

「うーん」

真琴が、ちょっと考えてから言った。

「脚《あし》かな」

「あ……脚⁉ サイテー！」

「なんで、サイテーなんだよ？ 理保だって、桜井の顔が好きなんだろ？」

「あたしが好きなのは、顔だけじゃないよ！」

「でも、最初は見た目で興味持つだろ？ そんなの自然じゃーん」

「うっ」

「人のこと言えるかよ」

「でも、でも、真琴は脚《あし》がキレイだったら、女の子はそれでいいの？」

「まあ、わりと許されるかなー。オレ、脚フェチだし」

「サイテー！」

「いいじゃん。べつに。個人の趣味《しゅみ》だもん」

「で、いつも、あんなことしてるんだ？」

「あんなことって？」

「だから」

「ああ、キス」

「ヌケヌケと言うなーっ」

あたし、枕《まくら》でぼかすか殴《なぐ》ってしまう。

「痛い。よせっ。こいつー」

真琴が、あたしから枕を取り上げる。

「真琴なんて、いろんな女の子といっぱいキスしてるんでしょ？」

「まあね」

ガーン。

「うそ。美雨さんが初めてじゃないんだ」

「ったりめーだろ」

「えーっ!?」

ショック。

大ショック。

「じゃさ、理保。キスしよっか？」

真琴があたしの肩《かた》を抱《だ》き寄《よ》せる。

顔を覗《のぞ》き込《こ》んでくる。

え！

「オレのこと桜井だと思っていいよ」

「ちょっ……ちょっ……なっ」

「練習しよ。練習」


真琴の手に、力が入る。

かあっ。

頰《ほお》が熱くなる。

真琴の両手にぎゅうっと力がこめられる。
えっ。
ちょっと。
冗談《じょうだん》でしょ？
ウソ？
！
心臓バクバクいってる。
さらさらと額にかかる髪《かみ》。
きれいに整った顔。
大好きな、
イトコでおさななじみの、
初恋の……、まこちゃん――。
！
真琴の顔が近づいてきて――。
キスしそうになった。

その瞬間《しゅんかん》。

さっきの美雨さんのうっとりした顔が、頭に浮《う》かんで、

「いやーっ！」

どーん！

あたし、真琴を突《つ》き倒《たお》してた。

どしーん。

真琴が、ベッドの上、仰向《あおむ》けにひっくり返る。

「いってぇ」

「触《さわ》んないでよ！　このヘンタイ！」

美雨さんをさっき抱《だ》いた腕《うで》で、キスした唇《くちびる》で。

あたしに触《ふ》れないでよ――！

「どうしたの⁉　なにがあったの？」

ばあん！

そのとき、またドアが勢いよく開いて。

真琴のお母さん、真保さんが顔を出した。

「真保さん」

「あれ？　オフクロ帰ってきてたの？」

真琴が起き上がる。

「今、帰ってきたとこよ。そしたら、理保の悲鳴が、『いやー』って」

真保さん、仕事帰りのスーツ姿。

サラサラの髪《かみ》。

部屋の中にふいに香水《こうすい》の香《かお》りが漂《ただよ》う。

「真琴！　理保になにしたのっ！」

大人の美女が怒《おこ》ると迫力《はくりょく》あるよなぁ。

「理保がさー。オレのこと、このとおり、ベッドに押《お》し倒《たお》して」

「なわけないでしょ！」

あたし、わめく。

「真琴。言ったでしょ？　とにかく、翼《つばさ》と果保《かほ》から、あたしは理保のことあずかってるんだからね」

「わかってるって。もう耳タコだよ。そのハナシは」

「うちにいる間に、理保が妊娠《にんしん》でもしたらどうしようって、それだけが心配なのよ」

「はあっ？」

にんしん……。

妊娠って⁉

どういう親子なんだよ！

「ばっか。誰が、手ぇだすかよ。こんなガキに」

「ガキ⁉　ひっどーい」

あたしと真琴が、ぎゃあぎゃあ、やりあってると。

「その様子見て安心したわ……」

そう言うと、真保さんがほっとため息をついた。

「あのさ。今日は一日、通訳してきて疲《つか》れたから、食事はぱーっとお寿司《すし》でも取ろっか？」

「おっ。やりー！」

真琴が嬉《うれ》しそうにガッツポーズする。

真保さん、ふっと笑って、

「どっちがガキなんだか。理保のこと言えないわよ。真琴」

そう言うと部屋を出ていった。

「ちっ。なーに言ってんだよ。自分が料理作りたくないくせによぉ」

「そういえば、あたし、越《こ》してきてから、デリバリーばっかだよね」

「だろ？　オフクロ、料理ドヘタだもん」

「うすうすは勘《かん》づいてたけど……」

「レトルト、インスタント、デパ地下惣菜《そうざい》、オンパレードだぜ」

「ずっと？」

「うん。オレとか親父《おやじ》のほうが料理はうまい」

「そうなんだ？」

びっくり。

家庭って、いろいろなんだね……。

あたし、みんな、自分のうちみたいかと思ってた。

「オレ、子供の頃《ころ》、理保のうち行くとすっげぇ食事が楽しみだったもん。果保叔母《おば》さんって料理上手じゃん？」

「ま、料理研究家だからね」

「理保もうまいよな」

「うん。得意だよ。ママに習ってるから、カンペキ」

「今度、なんか作ってくれよー」

「いいよ。居候《いそうろう》だし。これからは、あたし、料理するよ」

「やったー。これで、やっとうまいもんが食えるー」

ぷぷっ。

こういうとこは子供みたいなんだよね。

真琴って。

あれ？

さっきまで、ケンカしてたんだよね、あたしたち？

伯父《おじ》さんが帰ってきて、4人で楽しくおいしく、お寿司《すし》を食べて。

夜。

ひとりでそっと庭に出てみたんだ。

藍色《あいいろ》の空。

冬のときは真っ黒だったけど。

夏が近づくと空の色が淡《あわ》くなっていくね。

ほんのり、黄色いお月さまが浮《う》かんでて。
甘《あま》い花の香《かお》りがする。

真琴——。
美雨さんとキスしてた。
ほかの女の子ともいっぱいキスしてるらしい。
なんだか……。
もう、真琴は、あたしの知ってる真琴じゃないのかな。
心の中で、子供のあたしを笑ってるのかな……。
小さい頃《ころ》は、こんなふうじゃなかったよね。
毎年、夏休みは一緒《いっしょ》に海に泳ぎにいったよね。
ディズニーランドにも行った。
宿題も手伝ってもらった。
一緒にお風呂《ふろ》に入って、一緒に眠《ねむ》ったよね。
あの真琴は、もういないのかなぁ？
パパ、ママ、菜保《なほ》……元気かな？

急に会いたくなる。
寂《さび》しくなる。
ホームシックが波みたいに、ざぶんと襲《おそ》ってくる。
あたしも一緒《いっしょ》に神戸《こうべ》に行けばよかったかな……。

まこちゃん。
小さいときからまこちゃんが大好きだったよ。
男の子って、高校2年生になったら。
みんな、こんな感じなの？
さっき、まこちゃんに抱《だ》き寄《よ》せられたとき。
ちょっと怖《こわ》かった。
高校を聖和《せいわ》にしたのも。
この家に居候《いそうろう》させてもらうことにしたのも。
大好きなまこちゃんがいたから……。
じつは、ホントは、それが、いちばん大きかった気がする。
でも、まこちゃんは変わっちゃった。

いちばん大事な女の子は、あたしじゃなくて、美雨さんになっちゃった。
心細いよ……。
瞳《ひとみ》が涙《なみだ》でにじんでくる。

裏庭にはホルストのお墓。
小学生のときにまこちゃんの飼ってた柴犬《しばいぬ》。
ホルストが死んじゃったときは。
ふたりで抱《だ》き合《あ》って泣いたね。
まこちゃんがあんなに泣いたの、あたし、初めて見たんだよ。
桜の木の枝がさわさわ揺《ゆ》れる。
そのとき。
ふわり。
目の前をなにかが横切った。
え？
なに？
シャボン玉だ……。

たくさんのシャボン玉が風にのって、ふわふわと流れていく。

振《ふ》り向《む》くと、そこには、真琴が立っていた。

「まこちゃん……」

「ほら。理保の分もあるぞ」

真琴が、あたしにストローを渡《わた》す。

「さっきは悪かった。ごめん」

「え？」

「悪ふざけしすぎた」

「まこちゃん……」

気にしてくれたの？

「理保は昔のまんまなんだって、よーくわかった」

「バカにしてるんでしょ？」

「いや。正直、ちょっと嬉《うれ》しかったかな」

「まこちゃん……」

シャボン玉に光る虹《にじ》。

子供の頃《ころ》、ふたりで遊んだあと。
いつも、最後はシャボン玉を飛ばしたね。
近くの公園のジャングルジムのてっぺんに登って。
そこで、ストローを吹《ふ》くのが、家に帰る前のフィナーレの儀式《ぎしき》。
たくさんのシャボン玉が七色にきらきら光りながら。
ふんわり風に飛ばされていく。
夢みたいな記憶《きおく》。
なんてきれい——。
春の桜。
夏の向日葵《ひまわり》。
秋の銀杏《いちょう》。
冬の寒椿《かんつばき》。
その中をたくさんのたくさんのシャボン玉が飛んでいく風景。
ゆっくり。
静かに。
いつまでも。

いつまでも――。

永遠みたいに――。

よかった。

あの頃《ころ》の真琴が、ここにちゃんといて。

そう思ったら。

きゅうんと胸があったかくなった――。

そのとき、

「理保……。じつは、話があるんだけど」

まこちゃんが、真剣《しんけん》な顔をして、切り出した。

え――？

なんだろ――？

秘密

「話ってなに？」

真琴《まこと》が真剣《しんけん》な顔して、あたしのことジッと見つめてる。

月明かりの下。

なんだろ？

なんだろ、話って？

心臓がバクバクする。

「あのさ」

「うん？」

「オレさ、じつは、理保《りほ》にずっと言おうと思ってたことがあって」

「え？」

まさか……。
これって。
まさか⁉
でも、でも、こんな真琴の真剣《しんけん》な顔、見たことない。
胸が震《ふる》える。
万が一だけど。
ほんとは理保のこと……。
なんて。
なんて、ねー。
さっきのキス未遂《みすい》のせいかな。
あたし、そんなこと想像するなんて、どうかしちゃってるよ。
けど、けど、心のどこかでずっと期待してた気もする。
「あの、オレの真琴って名前なんだけど」

「え⁉」

がくっ。

拍子《ひょうし》抜《ぬ》けして、前につんのめりそうになった。

なぜ？

なぜに、名前？


「真保《まほ》から、真の字を取ってつけられたんだよな」

ぷしゅうううう。

風船みたいに、緊迫《きんぱく》した空気が抜けてった。

「そんなこと、ずっとずっと前から気がついてたよ」

あいかわらず、真琴ってよくわかんない。

そんなこと、ずっと前から言いたかったわけ？

「理保は？」

「え？　あたし？」

「うん」

「前にも言ったじゃない。ママの名前が果保《かほ》でしょ。で、理の字は、うちのパパとママの親友である俳優の有末《ありすえ》リヒトさんの理人《りひと》って本名から、1字もらったんだよ」

「だよな。だいたい、由来があるよな？」

「そりゃそうでしょ。フツー」

「じゃさ、うちのねーちゃんのレイナってどこからついたと思う？」

「レイナ。うーん。カタカナだしね。伯父《おじ》さんは渡《わたる》だしね。そう言われれば」

「ヘンじゃないか？」

真琴が言いかけたとき、

「真琴。理保！　庭にいるのか？」

伯父さんの呼ぶ声がした。


「雨戸閉めるぞー。もう、中に入りなさい」

「あ、はーい」

「今、行きます」

あたしたち返事する。

「あ。理保。今のハナシな」

「え？」

「親父《おやじ》とオフクロには聞くなよ」

「え？？？」

どういうこと？

真琴、なに真剣《しんけん》な顔しちゃってるんだろ。

いいじゃない。

べつに、名前の由来を聞いたって。

それとも……。

聞いちゃいけない秘密でもあるの？

なにか、そこに重大な秘密があるの？

まさか、桐島《きりしま》家のトップシークレット？

えーっ。

気になるー。

なんなの？

なんなのよー。
真琴ってばー！

ありえない

新緑の緑。
グラウンドに揺《ゆ》れてる木《こ》もれ陽《び》。
光が水玉模様になって。
きらきら踊《おど》ってる。
翌日の放課後。

「桜井《さくらい》くーん」
「春樹《はるき》ー」

女の子たちの黄色い声援《せいえん》が聞こえる。
2階の美術室の窓から、緑に囲まれたグラウンドが見渡《みわた》せる。

サッカー部がシュート練習をしてる。
白いゴール。
サッカー部のユニフォーム。
桜井春樹がシュートを決めるたび。
「きゃーっ」
女の子たちが黄色い声をあげる。
す……すごい人気。
好きな男の子が人気あるのって。
嬉《うれ》しい反面、困りもんでもあるよね。
ライバルがいっぱいいってことだもんな……。

桜井春樹は、同じクラス。
子供みたいにまっすぐで、気取らなくて。
瞳《ひとみ》がくりっとしてて、可愛《かわい》い顔してて。
クラスでも人気者なんだ。
清潔感のある、少年っぽい感じでね。

SEIWA

いいなっ。

って、一目見たときから、好感持ってたんだよ。

「モテてるねー。春樹」

あたしの隣《となり》でデッサンしながら翠《みどり》が言った。

あたしと同じクラスの翠も、美術部に入ってるの。

部活はもう終わったんだけど、ふたりだけ残って、おしゃべりしてたところ。

「いつのまに……だよね」

「ぼやぼやしてると、ほかのコに取られちゃうよ。理保《りほ》」

「取られるもなにも」

あたし、言った。

「あたしと桜井は、ありえないと思うよ」

「そんなことないよ。桜井、絶対に理保のこと好きだよ」

翠がキッパリ言った。

「え!?」

「だって、桜井、マラソン大会のとき、理保のために棄権《きけん》までしたじゃん」

「でも、桜井って誰にでも優《やさ》しいし」
「でも、あそこまでする？」

翠が言ってるマラソン大会のハナシっていうのはね。
高校に入学してすぐのこと。
校内マラソン大会があったの。
もともと、あたし、持久力がないうえ。
その日は、生理まで重なっちゃって、体調サイアクだった。
でも、初めての校内行事だし、ムリして参加したんだよね。
最初は女子がスタートして。
15分遅《おく》れで、男子がスタートすることになってた。
走り出したら、もう2キロぐらいで膝《ひざ》ががくがくしてきちゃって。
自分でも、かなりヤバイな。
って、思ってたんだ。
隣《となり》で走ってた翠もすごく気を遣《つか》ってくれて、
「理保、大丈夫《だいじょうぶ》？」

って、ずっとペース落として付いててくれたんだけど、
「大丈夫《だいじょうぶ》。ゆっくり行くから、お願いだから、先に行って」
そう頼《たの》んで、先に行ってもらった。
翠、運動神経いいから。
がんばれば、上位入賞できるはず。
あたしにつきあわせちゃ悪くて、そっちのほうが気になって。
で、そのまま。
あたし、どんどん、あとからきた女の子たちに追《お》い抜《ぬ》かれて。
ついに最終グループになっちゃって。
まずいなぁ。
順位、きっちりつくんだよね。
これ……。
と思ってるうち。
遅《おそ》くスタートした男子の先頭集団が近づいてきて。
その中に、桜井もいたの。
桜井、最初からすごい飛ばしてた。

なんたって、マラソン始める前に、

「サッカー部で上位占《し》めようぜ」

なんて、盛り上がっていたから。

「大石《おおいし》、がんばれよー。先行くぞー」

クラスの男子が、あたしに声かけて。

横をすり抜《ぬ》けてく。

そのとき、
あっ。

横。

ちょうど、桜井だ。

そう思ったとたん。

「きゃっ」

あたし、つまずいて。

その場で転倒《てんとう》してしまったんだ。

やだっ。

恥《は》ずかしい。

「大石。大丈夫《だいじょうぶ》?」

桜井が、すぐにあたしに駆《か》け寄《よ》って。

抱《だ》き起《お》こしてくれたんだ。

「顔、真っ青だぞ」

「大丈夫。いいから。先に行って。気にしないで」

「立てるか?」

あたしの言葉、無視して。

桜井が、あたしに手を差し出す。

「いた……」

転んだとき、右足首をくじいちゃったみたい。

立てない。

もう……サイアク……。

「調子悪そうだな。棄権《きけん》したほうが」

「ここで、休んでくから。ほんと先、行って。桜井、優勝、狙《ねら》ってるんでしょ?」

「オレはいいから。学校、戻《もど》ろう」

「そんな。悪いよ」

「オレのことは気にすんなよ」

そう言うと、桜井があたしに背中を向けた。

「え？」

「ほら。おぶってやる」

「でも……重いよ。ほんとに」

「バカ。立てないくせになに言ってんだよ」

そして。

桜井があたしをおぶってくれて。

学校まで運んでくれた。

あとから走ってくる、男子たちが。

「おっ。桜井と大石じゃん」

「ひゅーひゅー」

「やるー」

茶化してく。

みんなとすれ違《ちが》うのわかってるのに。

こんな恥《は》ずかしいとこ、みんなに見られちゃうのに。

でも、桜井は、イヤな顔ひとつせずに、あたしのこと保健室まで連れてってくれた。

あたしは気分が悪くて、それどころじゃなかったけど。


保健室。

薬をもらって、保健の先生に捻挫《ねんざ》の湿布《しっぷ》もしてもらって。

あたし、ベッドに横になる。

飲んだ鎮痛剤《ちんつうざい》が効いたのか、ゆっくりと痛みが治まっていく。


「少し顔色よくなったな」

桜井が心配そうにあたしの顔を覗《のぞ》き込《こ》む。

「もう、へーキ。ほんとにありがとう」

「いいってば」

「棄権《きけん》させちゃって、ごめんね。ごめんね」

「ほんと、気にすんなって」

ぽんぽん。

桜井、優《やさ》しく、毛布のはしを叩《たた》いて。
それが、なんだか、すごくあったかくて。
じいんときたんだ。
桜井があたしの瞳《ひとみ》を覗《のぞ》き込《こ》んでる。
瞳がくりっとして、二重《ふたえ》で可愛《かわい》いんだ。
バンビみたい。
いかにも、「人がいい」って笑顔《えがお》。
たぶん、あのとき。
鼓動《こどう》がサイダーみたいにはじけて。
あたし、その瞬間《しゅんかん》、好きになっちゃったんだと思う。

でも、それから。
べつに、桜井とはただのクラスメイトだし。
なんの進展もない。
なんたって、お互《たが》いのケータイの電話番号とメールアドレスも交換《こうかん》してないんだよ？
翠は、

「あたし、知ってるよ。教えてあげようか」
って言うけど。
それって、翠のほうが、つきあう可能性あるんじゃないかなぁ？
それに、翠から聞いたんじゃ、あたしから電話できないよ。
自然体。
自然体。
自分に言いきかせて、
さらっと、
「電話番号交換《こうかん》しよ」
「メアド教えて」
なんて、気軽に言えればいいのに……。
どう思われるかな？
好きってこと勘《かん》づかれたら、どうしよう。
迷惑《めいわく》に思われたらどうしよう。
なんてことばっかり考えちゃう。
ほんと、あたしって、つまんないヤツ。

ただの自意識過剰《かじょう》？
でも、あたしが「好き」なんて告白したら。
絶対に、今の関係じゃいられなくなる。
もうフツーに話したりできなくなる。
それが怖《こわ》い。
クラスメイトだとね。
今の関係を壊《こわ》しちゃうのが怖いから。
臆病《おくびょう》になる。
「好き」って言わない限り。
今みたいに楽しく過ごせる。
なら、そのほうがいいじゃない？
断られたら。
地獄《じごく》だよ。
この1年間。
でも、でも。
そうやって、勇気を出せないでいるうちに。

桜井がほかの子とつきあい始めちゃったらどうしよう。

そうだよ。

翠なんか、知り合ってたった1か月で、

「春樹」

って、呼び捨てにしてるのに。

あたしは、意識しすぎちゃってそんな勇気もでないんだ。

「でも、理保には、桐島先輩《きりしませんぱい》もいるもんねー」

翠がいたずらっぽく笑う。

「どういう意味？」

「桐島先輩もカッコイイじゃん」

「真琴はただのイトコだよ」

「イトコでつきあう人もいるよ？」

「ないない。ありえない。第一、美雨《みう》さんいるし」

「カノジョいたって、先のことはわかんないじゃない？　一緒《いっしょ》に暮らしてるうちに、新しい展開があるかもよー」

「ないない。ありえない」

「そういや、桐島先輩《せんぱい》のお母さんって翻訳家《ほんやくか》でしょ？」

「そ。映画の字幕とか訳す人」

「この前、ハリウッドスターの通訳でテレビに出てたよ。カッコよかったー」

「真保《まほ》さん、ほんとキレイだよね。あたしも憧《あこが》れてるんだ」

「伯母《おば》さんのこと真保さん、って呼んでるの？」

「だって、『おばさん』って言うと怒《おこ》るんだもん」

「ははははは」

翠にウケてる。

「姉妹だけど、理保のママとはあんまり似てないよね？」

「そうなの」

「だから、理保と桐島先輩も似てないのか」

「どーせ。あたしは美形じゃないですよ。ほっといて」

「ねえ。ねえ。理保。ほかに美形のイトコはいないわけ？」

「いるよ」

「いるの？」

「なんで、ハワイ？」

「うん。サーフィン上手で日焼けしてて、ワイルドだよ」

「ハワイ⁉」

「したいけど、ハワイに住んでるんだもん」

「紹介《しょうかい》して！」

「うん」


うちのママは三人姉妹。

真保さんの上に、美保《みほ》さんっていうお姉さんがいる。

美保さんは、現在、ハワイ在住。

ハワイの天文台に勤務している天文学者なんだ。

そこで、ダンナさまの海人《かいと》さんは、サーフショップを経営してるの。

高校生の息子《むすこ》がふたりいて。

これが、また明るくて性格がいいんだ。

会いたいなぁ。

元気かな。

「へーっ。いいなぁ。日本に帰ってきたら、紹介《しょうかい》してよ」

「いいけど……。でも、あたし、思うんだけど」

「え？」

「桜井って、翠のこと好きじゃないかなぁ？」

「はあっ？」


だって——。

この前も、授業中、翠がペンケース落として。

ガシャーン！

床《ゆか》にシャープペンとか消しゴムとか、盛大にぶちまけたときに。

桜井、さっと立ち上がって、拾ってあげてたんだよ？

あのとき。

あたし。

じつは、少しだけ、翠に嫉妬《しっと》したんだよ。

翠のこと、好きなのかな？

って、一瞬《いっしゅん》、思っちゃったもん。


「それこそ、ありえない」

翠、笑い飛ばした。

「でも、『春樹』『翠』って呼びあってるじゃない？」

「あたしは男っぽいから、言いやすいんだよ。意識してないってことよ」

「でも、翠って可愛《かわい》いし」

「どこがー？　第一、あたしは、桜井より、桐島先輩《せんぱい》のほうがタイプだよ」

「ほんと？」

「うん。美雨さんがいなかったら、コクりたい」

「マジで？」

「マジ」

「えー。真琴なんて、やめたほうがいいよー。女ったらしだしー。ヤラシーし。すぐに翠、ラブホテルに連れこまれちゃうよ。サイアクだよ」

「誰が女たらしだって？」

げっ。
声のほうを振《ふ》り向《む》くと。
そこに、真琴が立っていた。
「うわ」
いつのまに⁉
やばーい。

「ま……まこちゃん」
「桐島先輩《せんぱい》……」

僕の神様

真琴《まこと》がムスっとした顔で立ってる。

うわー。

怒《おこ》ってる。

不機嫌《ふきげん》そう。

「理保《りほ》。おまえ、オレのいないとこで、そうやって悪口言ってんのかよ」

「だ……だって、ホントのことじゃない」

あたし、開きなおって言い返した。

「ったく、せっかく、迎《むか》えにきてやったのによ」

「え？」

「部活早く終わったから、一緒《いっしょ》に帰って、なんか、おごってやろーかなぁなんて思ってたのに」

「え？　美雨《みう》さんは？　いつも美雨さんと帰るじゃん」

「別れた」

「はっ？」

「さっき、別れた」

「えええええ！」

あたしと翠《みどり》、絶叫《ぜっきょう》しちゃった。

「ど……どしてよ？　なんで、また。そんな急に」

「こっちが聞きたいよ。いきなり、『別れる』って……あいつも気まぐれだから」


きのう、あんなに熱烈《ねつれつ》チューしてたのに？

なんで、なんで？

もう、よくわかんない。

「ってわけで、美雨とは終わったからさ。翠ちゃん、オレとつきあう？」

「え⁉」

翠が真っ赤になった。

「今のハナシ、聞いちゃった」

「ホ……ホンキですか？　桐島先輩《きりしませんぱい》……」

「だめ！　翠。だめ。ホンキにしちゃっ」

あたし、ふたりの間に割って入る。

「どうせ、すぐに、美雨さんとヨリ戻《もど》すから。あたし、断言するから」

「えっ。でも」

まずい。

翠、ホンキになってる。

「真琴。お願い。翠を巻《ま》き込《こ》まないでッ！」

「いいじゃん。べつに？　デートくらい」

「だめっ。危ない。すぐに真琴、チューしちゃうでしょ？」

「1回目のデートでしないって」

「じゃ、何回目ならするのよ？」

「こえーなぁ。理保」

「だめだからね。翠にヘンなことしたら、あたし、絶対に許さないからねっ」

「え。あたし、桐島先輩《せんぱい》とならさ……それくらい」

「翠。なに、そんなこと言ってるのよ。こいつは、野獣《やじゅう》なんだからね。危険なんだから」

あたしが怒鳴《どな》ってると。


ガラッ。

美術室のドアが開いて。

「大石《おおいし》！」

桜井《さくらい》が飛《と》び込《こ》んできた。

はあはあ。

息を切らしてる。

え？

今度は、桜井？

さっきまで、グラウンドにいたよね？

なに？

なに？

どうなっちゃってんの？

「あ……ごめん。取《と》り込《こ》み中《ちゅう》？」

不機嫌《ふきげん》そうな真琴の顔を見て、ちょっとビビってる。

「ううん。なんでもない」

「ちょっとハナシがあるんだけど」

「ハ……ハナシ？」

真琴に続いて桜井まで……？

心臓がどくん、どくん、高鳴る。


「あ。じゃあ、あたし」

翠が、こっそりあたしに目配せする。

「桐島先輩《せんぱい》、一緒《いっしょ》に帰りましょ～。オジャマしちゃ悪いわー」

「み……翠！」

「じゃ。また明日～。理保。春樹《はるき》。またねー」

翠、あたしにウィンクして。

真琴と一緒に出ていっちゃった。

えーっ。

ちょっと。

ちょっと。

待ってよ。

でも、でも。

真琴と翠も気になるけど。

桜井も気になるよ！

あたし、どうしたらいいのーっ。


「あ……ごめん。よかったの？　翠」

「いいの。いいの。ちょうど、帰るとこで」

「あのさ。オレ、大石にちょっと、聞きたいことあって」

「なに？」

「大石のお父さんって、あの大石翼《つばさ》ってほんと？」


な……なんだ。

そのことか。

「うん。誰かに聞いた？」

「サッカー部の連中がウワサしてて」

「ほんとにほんと」

「えええええーっ」

桜井がのけぞった。

「うそっ。すっげぇ。ほんとすごいよな。オレ、大大大ファンなんだよ」

桜井、興奮してる。

ほんとに好きみたいだ。

「そうなんだ？」

「オレ、すっごい大石翼マニアだからさ。からかわれてんのかと思った」

「事実です」

「あ、ごめん。大石翼なんて、呼び捨てにして。人んちのお父さん」

桜井っていいヤツ。

「気にしなくていいよ」

「でも、ホント、オレの神様」

「へえ？」

「子供の頃《ころ》から好きで好きで尊敬してて、大石翼……さんに憧《あこが》れてサッカー始めたくらいなんだ」

桜井、瞳《ひとみ》がきらきらしちゃってる。

「そう。そんなにファンなんだ。素直《すなお》に嬉《うれ》しいよ」

「雑誌とか新聞とかも大石翼さんの記事や写真だけ切《き》り抜《ぬ》いてスクラップしてある」

「じゃあ、パパにサインもらってあげようか？」

「えっ。そんな。まさか！」

「この前、マラソン大会で迷惑《めいわく》かけちゃったし。すぐにパパにメール打っておく」

「えー？　いいの？」

「じゃ、パパからメールきたら連絡《れんらく》するから。ケータイの番号教えてくれる？」

あたしってば、ちゃっかりしてる。

パパに便乗しちゃった。

「うん。じゃ、これ、オレのケータイの番号とメールアドレス。住所も書いとく」

桜井、ノートを出して、はしっこを破いた。

そこに、アドレスを書いてくれる。

「わー。キレイな字」

「習字、習ってたんだよ。大石の番号は？」

「あっ、じゃあ、桜井あてに今、電話とメールする」

「あっ。鳴った。きたきた」

「登録しといて」

「うん」

やった。

パパ、感謝！

パパのおかげで、桜井のケータイの番号とメールアドレス、ゲットできたよ〜。

「でも、サイン、ムリしなくていいから。ほんとにほんとに、ヒマなときに、気が向いたらでいいから」

「そんな気を遣《つか》うほどのもんじゃないよ」

「いや。オレにとっては神様だから！」

桜井、きっぱり言ったあと、小声で聞いてきた。

「ね？　さっき、いた人。2年生の桐島さんだよね？」

「そうだよ。よく知ってるね」

「バスケ部で目立ってるし、有名人だから」

「評判悪いでしょ？」

「いや、でも、桐島さん、なんでサッカーじゃなくてバスケなんだろ？　と思って。大石翼に教えてもらえるのにな」

「プロのサッカー選手の叔父《おじ》さんがいると逆にやりにくいんじゃないかな。昔は、やってたんだけど、みんなに、『うまいはず』って言われるのがヤだったみたい」

「なるほどねー。大石のとこ、兄弟は？」

「女の子ふたり。下に妹」

「そっかー。男の子がいたら、サッカー教えたかったろうなー、翼さん」

「あたしも妹も、ママに似たのか、運動神経のほうは今ひとつで」

「でも、絵はうまいよなー。このデッサンも、大石が描《か》いたんだろ？」

桜井が、あたしのイーゼルの前に立つ。

「うん」

「この前の写生会の絵、すごいキレイだった」

「え？」

「優秀《ゆうしゅう》な作品だけ廊下《ろうか》に張り出したろ？　キレイな絵だなーと思ったら、大石のだった」

胸がどき……んとした。

あたしの絵、見つけて。

褒《ほ》めてくれるなんて。


「ホンキだよ。オセジじゃないよ」

「すっごく嬉《うれ》しい。絵だけだもん。あたしがちょこっと自慢《じまん》できるのって」

「こんなにうまいんだったら、美大に進んで、もっと絵の勉強すればいいのに」

「え」

「もったいないよなぁ。うちの大学、美術コースなんてないもんな」

このとき桜井に言われたなにげない一言が、その後のあたしの人生を大きく左右することになるんだけど。

でも、それは、まだまだ、先のお話——。

このときは、あたしの絵を褒《ほ》めてくれたことで舞《ま》い上《あ》がって。
桜井に抱《だ》きついちゃいたいくらい嬉《うれ》しかったんだ。
ほんの少し、希望を持ってもいいですか？

涙《なみだ》のオムライス

あのあとも、ふたりで、ずっとおしゃべりして楽しかったなぁ。
自分の部屋で、うっとりしてた。
桜井《さくらい》、パパのファンなのかぁ。
すっごく嬉《うれ》しいな。
そのとき、
バンッ！　乱暴にドアが開いて。
「おい。メシだってさ」
真琴《まこと》が怒鳴《どな》った。
「うっ」
急に現実に呼《よ》び戻《もど》される。
せっかく、いい気持ちでいたのに！

「入るときは、ノックしてって言ってるでしょ!!」

「いいじゃん。べつに」

「今日、翠《みどり》とあれからどうしたの？」

「一緒《いっしょ》に帰ったよ。可愛《かわい》いなぁ。翠ちゃん」

「ヘンなことしなかったでしょうね？」

「ヘンなことって、どんなことー？」

「………。で、どこ行ったの？」

「マックでお茶しただけー」

「それだけ？」

「それだけだって。ラブホは行ってません」

「ぐっ！」

「で、そっちは？」

「なによ。そっちって」

「うまくいってんだー。バンビの桜井くんと」

「べつに。そんなんじゃ」

「あっ？　なんだよ。これ」

ノートの切《き》れ端《はし》を取り上げる。

「やだ。返して」

「おっ。桜井春樹《はるき》。住所とケータイの番号じゃん。やるー。理保《りほ》」

「やだっ。返してよっ」

「つきあってんだー」

「つきあってないよ！　やめてよっ！」

ケンカしながら、真琴と一緒《いっしょ》に1階に下りていくと、真保《まほ》さんが楽しそうにハミングしながら、テーブルセッティングをしていた。

「おっ。めずらしい。今日はカレーじゃないんだ？」

真琴の言葉に、真保さん、カチンときたみたい。

「カレー以外だって、ちゃんと作れるのよ！」

「へー。見たことない」

真琴のハナシによると、真保さん、翻訳《ほんやく》の仕事が忙《いそが》しくなると、とにかく毎日カレーらしいんだ。

大量に鍋《なべ》にいっぱいカレーを作っておいて、入れるもののバリエーションを毎日つけるんだって。

冬は、それがおでんになるらしい。

「今日はロールキャベツよ。おいしそうでしょ？」

真保さんが、お皿を差し出す。

うう。

キャベツが破れて、中身が飛び出してる。

ドッグフードみたいになってるロールキャベツ。

つけあわせのにんじんのグラッセもコゲコゲになってる。


「げーっ。チョーまずそー」

真琴がわめいた。

「オレ、いらない。カップラーメンでいいや」

「なんてこと言うのよ！」

真保さんがキレた。

「そりゃ、果保《かほ》に比べたら落ちるかもしれないけど、果保の料理本を見て、これでも勉強してるのよ！」

果保っていうのはあたしのママのことね。

うちのママは真保さんほど美人じゃないけど、料理はバツグンなんだよ。

なんたって、料理研究家だからさ。

「理保。見た目はちょっとアレだけどさ。味はいいと思うのよ。味見してみて」

「あ。はい」

あたしと真琴、テーブルにつく。

「いただきます……」

ふたりで、ぱくっ。

ロールキャベツを一口食べたとたん。

「うっ」

あたしと真琴、顔を見合わせちゃった。

激……マズッ！

どうやったら、こんなにマズくなるのよーっ。

「な……なによ。その顔は？　味はいいはず」

ぱくっ。

真保さんが、一口、食べてから。

「うっ」

洗面所に走っていった。

やっぱりね……。

「伯父《おじ》さんが帰ってくる前に、なにか作りましょうか？」

そう言うと。

「たすかるわぁ。お願い！」

真保さんが顔を輝《かがや》かせた。

「頼《たの》む。理保」

真琴もあたしに手をあわせる。

「ごはんは炊《た》いてあるよね？」

おそるおそる、炊飯器《すいはんき》を開ける。

ほっ。

これは、無事ね。

「真保さん。真琴。なに食べたい？」

「オムライス！」

真琴が即答《そくとう》した。

「ふっ。子供だね」

「いーじゃん。好きなんだもん。オムライス」

「賛成。賛成。果保のオムライスっておいしーんだよね」

真保さんも手を叩《たた》いて喜んでる。

似た者親子かもしれない……。


玉ねぎをみじん切り。

とり肉は一口大に。

これをオイルでいためて、ごはんも加えて。

しあげはケチャップとひとかけらのバター。

こうしてできたチキンライスを、黄色く焼いた卵で、くるっとくるんでできあがり。

これに、サラダとスープを付ける。


「うん。おいしー。おいしー。理保。天才」

真琴がわめいた。

「ほんと？　嬉《うれ》しい」

「さすが手際《てぎわ》いーよなぁー」

「あー。なつかしーい。これ、果保の味がするー」

真保さんも涙《なみだ》、流して喜んでいる。

「ほんと手際《てぎわ》いいわねー。これからも頼《たの》むわー」

「まかせてください。居候《いそうろう》の身ですから！」

「そうよね。そうよね。家事を手伝うのは当然よね」

真保さんがケロッとして言った。

「おばさん。あたし」

「おばさんじゃないっ！　今後、おばさんって言ったら、罰金《ばっきん》だからね」

「あ、真保さん。あたし、これからは、夕食は真琴とふたりで作ります」

「ほんとー？　うれしー」

「げっ。オレもかよ」

「あったりまえでしょ？　真琴も買い出しくらいは手伝ってよ」

真保さんが心底嬉《うれ》しそう。

「真保さん、仕事がかなり忙《いそが》しそうだし」

「そうなのよー。ここんとこ翻訳《ほんやく》の仕事が立《た》て込《こ》んでて。締《し》め切《き》りラッシュ」

「第二の戸田奈津子《とだなつこ》と言われてるだけありますよね」

「まっ。わかってるじゃなーい。理保」

真保さんが、ふふふっと笑った。

「じゃ、あたしが字幕翻訳《じまくほんやく》した映画のチケット。あんたたちにもあげるわ」

真保さんが、チケットを2枚出した。

「はい。たまにはふたりで行ってきなさい」

「わーい。嬉《うれ》しい。これ、観《み》たかったんだー。ジョニー・デップ好き」

「えー。なんで、理保と行かなきゃなんねーんだよ」

真琴、心底、嫌《いや》そうな顔したの。

あたしが喜んでるのに。

その言いかたはなんなのよ！

ムカつく！

「真琴、美雨《みう》さんと別れたんでしょ？　誰と行くのよ？」

「え？　美雨ちゃんと別れたの？　真琴？」

真保さんが驚《おどろ》いてる。

「なんか、あいつ、一方的に怒《おこ》ってんだもん」

真琴がブツブツ。

「ま、これをエサに誘《さそ》って、美雨と仲直りしよーかなっと」

「じゃあ、いいよ。美雨さんと行ってきなよ」

「理保。そんな不機嫌《ふきげん》な顔しないで。また、もらってきてあげるわよ」

真保さんがなだめる。

と、そのとき、

「ただいまー」

渡伯父《わたるおじ》さんが帰ってきた。

「おっ。オムライス。うまそうだな。理保が作ったんだろ？」

「はい」

「ほんと、果保によく似て、料理上手だな。一目でわかるよ」

伯父さんに褒《ほ》められると嬉《うれ》しくなる。

そのとき、真琴のケータイが鳴った。

「あ。美雨？　なに？」

美雨さんか。

「ウワサをすればね？」

真保さんが、あたしに耳打ちする。

「え？　うちの近くまできてる？」

真琴が声を荒立《あらだ》てた。

「美雨。どうしたんだよ？　泣いてんのか？」

え？

泣いてる？

「ごめん。オレ、ちょっと出てくるわ」

「真琴。遅《おそ》くならないうちに帰ってくるんだぞ」

伯父《おじ》さんが、声をかける。

「わかってる」

「美雨ちゃん、モメたら、うちに連れてきなさいよ」

真保さんの言葉、聞きおわらないうちに。

バタバタ。

真琴が食べかけのオムライスを置いて、出ていっちゃった。

なによ！

なによ、真琴ってば！

オムライス、冷めちゃうじゃない！

食べかけのオムライスを見ていたら。
ずしん。
心臓のあたり。
冷たくて重いものが落ちてきた。
なんなのよ！
美雨さんが泣いて電話すれば、すぐに駆《か》けつけるんだ。
あたしには、「バカ」とか「ドジ」とかすぐに言うくせに。
そんなに美雨さんのこと好きなんだ。
あたしとは映画にも行きたくないんだ。
バカ。
真琴のバカ。

冷めてくオムライスを見ながら。
あたし、泣いちゃいそうだった――。

コーヒーと宝物

2時間後。

真琴《まこと》が帰ってきた。

誰が出迎《でむか》えてやるもんか。

と思ってたら。

ガチャッ。

あたしの部屋のドアが開いた。

「理保《りほ》」

「なによ」

ケンカをふっかけようとしたけど、

「うわっ。どしたの、その顔」

顔、すごい腫《は》れてるんだもん。

「美雨《みう》にいきなり叩《たた》かれた」

「ひえーっ」

美雨さん、怖《こわ》い〜。

「でも、なんで、そんなにモメてるの？　別れる別れないって」

「オレがほかの女を好きなんだろうって、あいつ、嫉妬《しっと》深くて。今日は翠《みどり》ちゃんと帰ったの目撃《もくげき》した女が美雨にご注進したらしくて、怒《いか》り狂《くる》って」

「ひえーっ。怖い〜」

「いってえ」

「唇《くちびる》のはし、切れてるよ」

ティッシュを差し出す。

「ちゃんと手当てしようよ。薬箱はどこ？」

「下」

「じゃ、下行こう」

「あーあ。美雨のヤツ、手加減ナシだぜ。まいったなー」

「で、誤解はとけたの？」

「いくら説明しても、あいつ怒《おこ》っちゃってさ。もう、手がつけられない」

「ふーっ。情熱的だなぁ」

「理保。オレ、オムライス食いたい。まだある？」

「ラップかけて、冷蔵庫の中」

「理保。あっためて」

「もーっ。甘《あま》えるなっ！」

「ケガ人をいじめないでー」

「しょーがないなぁ」

手当てをしたあと。

レンジであっためて、オムライスを出すと。

真琴は旺盛《おうせい》な食欲でたいらげていく。


「わ。もう食べちゃったの？」

「すっげー、うまかった。理保。ありがとな」

「できたては、もーっとおいしかったんだよ」

あたし、イヤミ。

「ごめん。ごめん。おわびに食後のコーヒーはオレがいれるから」

ふーん。

素直《すなお》じゃない。

真琴がコーヒー豆をミルでひく。

「すごいね。本格的」

「こういうの好きなんだ。オレ、将来、コーヒー屋やろっかな」

「あ。似合うかも」

「で、理保のオムライス出そう」

「あ。それいい」

「もらいもんのおいしいマカロンあったろ？　あれ、出して」

「うん！」


コーヒーのいい香《かお》りが漂《ただよ》ってきた。

「できたぞー」

「わーい。いただきまーす」

苦いコーヒーと甘《あま》いマカロン。

真琴の笑い声。

交わす視線。
あったかい湯気。
満ち足りた幸せな気分。

あれは、あたしが小学2年生のときだったかな。
真琴の誕生日に手作りケーキを贈《おく》ったことがあった。
真琴の好きなチョコレートケーキ。
ママに教えてもらってケーキを作ったんだけど。
じつは、中が生焼けで大失敗だったらしい。
でも、真琴すごく喜んでくれて。
一生懸命《いっしょうけんめい》、全部、食べてくれて。
おなかを壊《こわ》しちゃったよね。
そんな優《やさ》しさをふっと思い出した。

「よーし。ふたりで片づけするか？」
真琴が腕《うで》まくりした。

「オレ、洗うから。理保、拭《ふ》いて」

「うん」

食器のぶつかる音。

真琴がお皿を洗って。

あたしが拭く。

なんか、結婚した夫婦って、こんな感じかな。

なんて思って、ちょっとテレたりする。

「バスケ部のつきあいがない日は、なるべく早く帰って、料理手伝うよ」

「ほんとに？」

「うん。まあ、オレも、理保ほど料理はうまくないけど、助手ってことで」

「買い出しのとき、つきあってくれるだけでもたすかるな」

「なんだよ。荷物持ちか」

「正解」

なんだか、楽しくなってきた。

あたしって、単純。

「そうだ。真琴。英語の辞書かしてくれる？　学校、置いてきちゃった」

「オッケー。じゃ、このあと、オレの部屋こいよ」

「うん」

2階への階段を上がると廊下《ろうか》を挟《はさ》んで、右手に伯父《おじ》さん夫婦の寝室《しんしつ》。

そして、左手に真琴とあたし（レイナさん）の部屋がある。

真琴の部屋は白と紺《こん》を基調にしてて、意外とすっきり片づいてる。

あっ。

本棚《ほんだな》の上に、銀色の缶《かん》を発見。

「これ、うちのパパの海外遠征《かいがいえんせい》のときのおみやげでしょ？」

「そうそう。チョコレートが入ってたヤツ」

「なつかしー。あたしもまだ持ってるよ！」

あたしが缶を手に取ると。

「だめ。触《さわ》っちゃ」

真琴が取り上げた。

「えー。なんで」

「これ、オレの宝物だから」

「なに？　宝物って？」

「ナイショ」

「あっ。わかった」

「なに？」

「エッチなビデオとか雑誌とか入ってるんでしょ？　だから、見せられない」

「バレたか」

「えーっ。マジで？」

「刺激《しげき》が強いからな。絶対見るなよ。理保」

ガーン。

ショック。

「ひどい。パパのおみやげの缶《かん》にそんなもの！」

「冗談《じょうだん》だよ」

「じゃ、ほんとはなによ？」

「秘密」

「どーせ。つきあった女の子からのラブレターとか入ってんでしょ？」

「ま。そんなもん」

「どーだかね」

と、フェイントかけて。

あたし、ぱっ。

真琴からお菓子《かし》の缶《かん》を奪《うば》う。

「あ。よせ！」

「真琴の秘密、見ちゃうもんね！」

「ばか。よせ」

「あっ……これ」

真琴が、あきらめたのか、テレたように言った。

「な？　刺激《しげき》強いだろ？」

「これ……」


中に入ってたのは……。

ビーズのアクセサリー。

チョコレートのおまけのオモチャ。

ミッキーマウスのシール。

恐竜《きょうりゅう》の折り紙。

何通もの手紙やハガキ。

それは、全部。

あたしが子供の頃《ころ》、真琴へプレゼントしたものだった。


……持っててくれたの？

なつかしさで胸がいっぱいになる。

言葉が出てこない。

「これなんかすごいぜ」

真琴が、ピンク色の封筒《ふうとう》から便箋《びんせん》を引っ張り出す。

『まこちゃんだいすき。

およめさんにしてね。　　　りほ』

「げっ。これ、あたしが書いた手紙？」

「な？　ラブレターだろ？」

「うわあ……。こんなの書いたっけ？　しかも、字がチョーヘタ！　泣ける」

「桜井《さくらい》に売りつけてやろうかな」

「ばか。なに言ってんのよ」

そう言いながらも。

大切に持っていてくれたんだ？

そう思うと、胸がいっぱいになる。

嬉《うれ》しい。

真琴。

ありがとう。

あたしの子供の頃《ころ》。

ここに、ずっと大切に持っていてくれて。

まるで、タイムマシーンに乗ったみたいだよ。

たくさんの思い出が押《お》し寄《よ》せてくる。

「これ、持っててくれたから。まこちゃんのポイント上がった」

「マジ？　捨てるの忘れてただけだぜ」

「ひどーいっ」

「うそうそ」


でも、このとき、あたし、思ったんだ。

まこちゃんがほかの女の子を好きになって、結婚なんかしちゃっても。

子供が生まれて、孫も生まれて、おじいちゃんになって。

髪《かみ》が真っ白になって、よぼよぼのおじいちゃんになっても。

世界中の人がまこちゃんを嫌《きら》っても。

あたしはずっとずっと、まこちゃんの味方でいるよ。

って。


「ま。そういうことで、これは、オレが大事に保管しとく」

「うん。ありがと」

「いつか、理保に子供が生まれたら、見せてやりたいな」

真琴が笑った。

「な。理保。今度の日曜、映画観《み》にいこうか？」

「え？　いいの？」

「美雨との可能性ゼロになったからなー」

「なんだ。あたしは代打か。ちぇーっ」

「いいじゃん。その代わり、おいしーいケーキ屋つれてってやるよ」

「やったー」


でも、あたし、このあと、大失敗しちゃうんだよね——。

ダブルブッキング

「理保《りほ》。桜井《さくらい》がいるよ」

放課後の美術室。

部活が終わって、帰《かえ》り支度《じたく》をしてるあたしに翠《みどり》が声をかけた。

「どこどこ?」

窓際《まどぎわ》からグラウンドを見下ろす。

桜井、サッカーボール、ヘディングしたり。

膝《ひざ》の上でポンポンやったりしてる。

「うまーい」

「こうやってみると、桜井って、理保のお父さんの若い頃《ころ》に似てるかもね?」

「あ。ほんとだ」

桜井に感じる親近感の理由。

そっかー。

パパの若い頃《ころ》に似てるからかも？

おもわず、あたし、スケッチブック取り出して、ササッ。

桜井の姿、デッサンしちゃう。


「おっ。こっちもうまいじゃん」

「確かに現役の頃のパパに似てる！」

「理保ってば、ファザコンなんじゃなーい？」

「そうなのかなぁ。パパのことは大好きだけど」

「その後、どうなのよ。桜井とはうまくいってる？」

「それがさあ……」


ケータイのメールと番号交換《こうかん》したのに、桜井からは、なんの連絡《れんらく》もないんだ。

1本のメールもくれない。

鳴らない着信音設定が虚《むな》しいよ。

やっぱり、あたしには興味ないのかなぁ。
興味があるのは、パパだけなのかなぁ。
そう思うと悲しくなる。
こっちからは電話をかける勇気なんかないしな……。

桜井とは、同じクラスだから、毎日顔を合わす。
でも、桜井の顔を見ると、息が詰《つ》まって。
意識しちゃってだめなんだ。
ほかの男子とは、ふざけられても。
桜井とだけはだめ。
でも、その一方。
背中でいつも桜井を意識して。
耳をそばだてて、桜井の声を聞いてたりする。
あたしって、けっこう暗い……。

「じゃ、理保。今日、カテキョの日だから、あたし、帰るね」

SEIWA

「うちの高校、受験もないのに勉強熱心だよね。翠」

「親が頼《たの》んだの。あたし、ギリギリの成績で受かったから落第防止よ」

「じゃ、がんばってね。家庭教師の先生、ステキなんでしょ？」

「へっへー。それだけだよ。がんばってる理由。理保は？」

「教室に数学のノート忘れちゃったから、取ってから帰る」

「じゃねー。また、明日」

「バイバイ」

もう、誰もいない。

静まり返った放課後の教室。

ガラガラ。

ドアを開ける音。

やけに大きく響《ひび》く。

机の中、覗《のぞ》いてノートを取り出してると。

「あっれー。大石《おおいし》」

桜井の声がした。

ドキッ！

心臓が跳《は》ね上《あ》がる。

「まだいたんだ？」

「うん。桜井も？」

「今、部活終わったとこ」

！

とっさのことに動揺《どうよう》して。

バサバサ。

あたし、持ってた荷物、全部、床《ゆか》にぶちまけてしまう。

やばっ。

桜井が、屈《かが》んで、拾ってくれようとして、

「あ」

スケッチブックに視線を留めた。

げっ。

まずいっ。

見られちゃった。

桜井の絵……！

あたし、真っ赤になって俯《うつむ》いてしまう。

勝手にスケッチなんかしてて、気持ち悪い女とか思った？

びくびく。


「これって……オレ？」

「う……うん」

「いつ描《か》いたの？」

「さ……さっき……」

あーもー、サイアク。

恥《は》ずかしくて死んじゃいたい。

「すげぇ。うまいじゃん。これ、もらっていい？」

「えっ？」

「これ、ほしい。マジで」

「こんなんでいいの？」

「うん」

「いいけど」

「やったー」

桜井、嬉《うれ》しそう。

「あのさ、大石。今度の日曜日、どっか行かない？」

「え!?」

「いつもはサッカーの練習あるんだけど。今週だけなくなったんだ」

「え」

「サインもお願いしてるし。お礼に、なんかおごるよ。どこがいい？」

「花《はな》やしき！」

あたし、即答《そくとう》した。

花やしきっていうのは、浅草《あさくさ》にある、遊園地のこと。

「確か、桜井のおじいちゃんって、浅草に住んでるって言ってなかった？」

「よく知ってんな」

どき。

聞き耳立ててたのがバレちゃうよ。

まずい。

「じゃ、案内しようか？　雷門《かみなりもん》から仲見世《なかみせ》見て、浅草寺《せんそうじ》にお参りして」

「あ。それいい！」

「で、花やしきでローラーコースターに乗ろう。怖《こわ》いぞー」

「楽しみ！」


わーい。

デートだ！

デート。

桜井と約束して、ウキウキしながら、家に帰ると。

ケータイに電話があった。

着信が公衆電話になってる。

？

「もしもし？」

「あ。桜井です」

！

息が止まるかと思った。

初電話！

「は……はい？」

すっかりパニック。

「どうしたの？」

「へへ。騙《だま》された？」

「は？」

「真琴《まこと》だよーん」

「ひっどーい」

真琴のイタデンだった。

サイテーッ。


でも、そのとき、ハッと気がついた。

今度の日曜日って。

真琴と映画を観《み》にいく約束してたんじゃない！

ダブルブッキングしちゃったーっ！

どうしよーっ。

ファーストデート

そして、あたしは、結局、桜井《さくらい》を選んだんだよね。
真琴《まこと》には、急用ができたとか、ウソついて。
そして、運命の日曜日がやってきた――。
今日は桜井とデートの日。
うーん。
なにを着ていこう。
朝、早く起きて、洋服をとっかえひっかえしていると。
「おい。理保《りほ》」
がちゃ。

急にドアが開いて、真琴が顔をのぞかせた。

うそっ。

あたし、下着姿！

「うわっ」

「きゃーっ。やだっ」

「ゴ……ゴメンッ！」

バタン。

ドアが慌《あわ》てて閉まった。


「悪い。悪い。ごめん」

「ノックしてよって言ってるでしょ？」

「オレ、見てない。なんにも見てない。水色の下着なんて」

「見えてた証拠《しょうこ》だーっ！」

まこちゃんに下着姿見られた。

サイアク～。

伯父《おじ》さんと真保《まほ》さんと3人。

ダイニングで朝食。

湯気をたてるミルクティー。

香《こう》ばしい焼き立てのパン。

バターと金色のはちみつ、いちごジャム。

冷たいミルク。


「オフクロ、コーヒー」

そこに真琴がまた入ってきた。

「あっちー」

濡《ぬ》れた髪《かみ》をタオルでわしわし拭《ふ》いてる。

シャワー浴びたばっかりらしくって、トランクス1枚の姿。

上半身裸《はだか》……。

刺激《しげき》、強い。

「まこちゃん！」

「なんだよ」

「そういうカッコでウロウロしないでよ。食事中」

「だって、あちーじゃん」

「年頃《としごろ》の女の子が一緒《いっしょ》にいるんだから、少しは気を遣《つか》いなさい」

伯父《おじ》さんが注意してくれる。

「あーあ。理保がきてからめんどくせーなぁ」

真琴が吐《は》き捨《す》てた。

「ひどいよ。そんな言いかた。さっきもわざと覗《のぞ》いたんでしょ!!」

「ばーか。誰が、ガキの着替《きが》えなんか見たいかよ」

真琴が意地悪く笑った。

「べつに見たけりゃ見せてくれる女はいるって」

ムカ〜ッ。

「なにその言いかた」

「不愉快《ふゆかい》なんだよなー。なんだよ。そのおめかし。オレとの約束破って、デートかよ」

真琴が、どしん。

ダイニングの椅子《いす》につく。

バサバサ。

新聞広げてる。

あ……。

バレてる!!

「真琴……あの……これは」

「いいって。今日、グラウンドの点検のために、運動部はみんな休みなんだよ」

「あ……」

「どーせ。桜井と会うんだろ?」

「…………」

「図星らしいな」

「真琴。理保をいじめるのやめなさい」

真保さんが、間に入った。

「いいじゃない。あんたも、美雨《みう》ちゃんと仲直りしたら?」

「なんだよ。みーんな、理保の味方なんだな」

真琴、不愉快《ふゆかい》そうに、2階に行っちゃった。

どうしよう。

怒《おこ》らせちゃった……。


「あの。じゃ、行ってきます」

「気にしないで。理保。真琴も大人げないなぁ」

「でも、あたしが悪いから」

「ファーストデートでしょ？　楽しんできなさい」

真保さんが微笑《ほほえ》んだ。

「可愛《かわい》いよ。今日の服装。似合ってる」

「ほんとに？　嬉《うれ》しい？」

「昔を思い出すなぁ。果保《かほ》のデートの前に、あたしがメイクしてあげたもんよ」

「ほんと？」

「今度、やってあげるね」

「お願いします！」


――真琴、そうとう怒ってたなぁ……。

地下鉄銀座線《ぎんざせん》に渋谷《しぶや》からえんえん乗って、浅草《あさくさ》まで。

桜井とは、雷門《かみなりもん》の前で待ち合わせ。

「大石《おおいし》～」

桜井が手を振《ふ》りながらやってきた。

私服の桜井、初めて見る。

ジーンズ姿が似合ってて、カッコイイ。

「雷門の前で写真撮《と》りたーい」

「よし。撮ってあげるよ」

カシャ。

雷門の前で、ケータイカメラで記念撮影《きねんさつえい》。

「行こっか」

「うん」

雷門から浅草寺《せんそうじ》までの間、仲見世《なかみせ》には、小さなみやげ物屋さんがぎっしり。

千代紙、扇《おうぎ》、かんざし、和風の小物がいっぱい。

「あっー。あのてぬぐい、可愛《かわい》い」

きびだんご
人形焼
おかき

あたし、叫《さけ》びっぱなし。

「あっ。おいしそー。人形焼き！」

「おせんべいもいいなー。迷うなーっ」

「おだんごもおいしそー」

桜井、苦笑してる。

「全部、食べたらいいよ」

「あ。あそこのあんみつ、食べたーい」

あたし、大騒《おおさわ》ぎ。

そのあとは、浅草寺にお参り。

境内《けいだい》には、ハトがいっぱいいて、ハト豆を買ってあげたりして楽しい。

観音様の裏手から、もう花《はな》やしきの乗り物が見える。

「花やしき、もう近いんだね？」

「すぐそこだよ」

花やしきは、ちっちゃくてレトロな可愛《かわい》い遊園地。

メリーゴーランド、ローラーコースター、スリラーカー。

小さな園内にぎっしり乗り物が詰《つ》め込《こ》まれてる。

「ひさしぶり。なつかしー」

桜井も喜んでる。

「子供の頃《ころ》、しょっちゅうきたんだ。ここのローラーコースター。けっこう怖《こわ》いよ」

「えー。楽勝っぽいけどな。ちっちゃいし」

なーんて言ってたんだけど、これが、どうして。

「きゃー」

あたし悲鳴あげちゃったよ。

だって、民家スレスレに走るんだもん。

そのあとは、古くからある洋食屋さんへ行って、桜井スイセンのハンバーグを食べたんだ。

「下町も面白《おもしろ》いだろ?」

桜井が笑った。

「すっごく楽しかった。またきたーい」

「じゃ、今度は向島《むこうじま》のほうに行こうか。百花園《ひゃっかえん》とか行ってみる?」

「それなに?」

「庭園があるんだよ。で、そのあと、長命寺《ちょうめいじ》の桜餅《さくらもち》食べよう」

「わーい。楽しそう」


今度……。

また、今度があるんだ?

あたし、期待しちゃうよ?

秘密の真相

最寄《もよ》りの駅で降りて、桐島《きりしま》家に向かう途中《とちゅう》。
足取りが急に重くなった。
真琴《まこと》、怒《おこ》ってるかなー。
と、不安になりながら、いつもの公園を通《とお》り抜《ぬ》けようとして。
ハッとした。
ジャングルジムのてっぺんに、真琴と美雨《みう》さんがいたんだ。
しかも、ふたりでシャボン玉を吹《ふ》いてる。
！
仲直りしたんだ……。
そっか、映画、美雨さんと行ったんだ。
そう思ったら、胸がチクンと痛んだ。

今日のことは、あたしが悪いし。

真琴に、なんにも言う権利なんかないけど。

でも、シャボン玉は、ふたりだけの思い出だと思ってたのに。

同じことを美雨さんとも簡単にするんだな。

そう思ったら、悲しかった。


「ただいま」

「おかえり。理保《りほ》」

玄関《げんかん》で出迎《でむか》えてくれたのは、真琴の姉、イトコのレイナさんだった。

「うわっ。レイちゃん」

「理保。ひさしぶり！」

「レイちゃん、どうしたの？」

「こっちにくる用事があったから。今日は泊《と》まろうと思って」

女のあたしでもドキドキしちゃうくらい。

美少女なんだ、レイナさんって。

子供の頃《ころ》から、憧《あこが》れのキレイなお姉さんだったんだよ。
すらりと背が高くて、着てるもののセンスもよくて。
あたしは、ずっとレイちゃんって呼んでた。
子供の頃は休みのたびに、大石《おおいし》家と桐島家合同で、旅行に行ってた。
レイちゃんとあたしと妹の菜保《なほ》。
そして、あたしと妹の菜保《なほ》。
4人は、まるで兄弟みたいに、いろんなことをしたよね。
山へ行ったり。
海に行ったり。
高原に行ったり。
そんなとき。
いつもリーダーは、しっかり者のレイちゃんだった。
サブリーダーが、男の子であるまこちゃん。
で、あたしたち姉妹は子分って感じ。
4人で、一緒《いっしょ》に海で砂の城をつくったり。
高原で、セミ取りしたり。

温泉に入ったり。

夜はみんなで枕《まくら》の投げっこしてはしゃいで。

ママや真保《まほ》さんに怒《おこ》られたりしたね。


「今日は、理保と一緒《いっしょ》の部屋に泊《と》まってもいい？」

「もちろん。ひさしぶり。嬉《うれ》しい」

「デートだったんでしょ？　聞いてるぞー」

「えっ？　あ。まあ」

「詳《くわ》しく聞かせなさいよーっ」


夜遅《おそ》くなっても、真琴は帰ってこない。

どこに行っちゃってるんだろう？

せっかく、お姉様が帰ってきてるっていうのに。

まさか、美雨さんと……お泊まりとか？

うわーっ。

あんまり想像したくない。

食事がすんだあと、早々に部屋に戻《もど》って。

あたしとレイちゃんは、ふたりともパジャマ姿で、いろんなハナシをした。

子供の頃《ころ》に戻《もど》ったみたいで楽しい。


ケータイカメラの写真を見て、レイちゃんがはしゃいでる。

「ほんとだっ。桜井《さくらい》くん。翼叔父《つばさおじ》さんに似てる」

「でしょ？」

「可愛《かわい》い。可愛い。性格よさそう」

「ほんとにいいコなんだよ」

「やったね。よかったね。理保」

「うん。レイちゃんは、カレいないの？」

「いるよ」

「えっ？　どんな人？」

「同じ学校の同級生だよ」

「へー。カレのこと、なんて呼んでるの？」

「名前を呼び捨て。理保たちは？」

「名字を呼び捨て。大石、桜井って」

「わたしたちは、ユウキ、レイナって」

レイナ……。

その言葉を聞いた瞬間《しゅんかん》。

どくん。

心臓が高鳴った。

あたしの頭を、いつかの夜の真琴の言葉が過《よぎ》る。

――うちのねーちゃんのレイナってどこからついたと思う？


あ。

そうだった。

あのあと、その続きを真琴に聞くのを忘れてた。

今がチャンスかも。

でも、いいのかな？

聞いてもいいのかな？

真琴、かなり深刻な顔してた。

でも、名前の由来なんて、みんな、フツーに軽く聞くことだよね。

べつに普通《ふつう》のことだよね？


「あの……レ……レイちゃん」

「なによ。改まって」

「あの、レイナってすごく素敵《すてき》な名前だよね。どんな由来があるの？」

あたし、笑いながら言ったのに。

レイちゃん、一瞬《いっしゅん》、真顔になった。

ドキッ。

やっぱり……聞いちゃいけなかったの？

心臓がバクバクする。

あたし、失敗した？

どうしよう……。

「理保。知ってるの？」

「し……知ってるって？　なにを」

「いや。なんで、突然《とつぜん》、そんなこと聞くのかなって」

「あ。えと、真琴が名前の由来の話してて」

あたし、正直に答える。

心臓がバクバクする。

もう覚悟《かくご》するしかない。

「じゃ、真琴も知ってるんだ」

「知ってるってなんのこと？」

「理保は、もう高校生だから、大人だよね？」

怖《こわ》い。

なにを言おうとしてるんだろう？

「理保。レイナっていうのは、母の、真保さんの本当のお母さんの名前なの」

「えっ？」

私、困惑《こんわく》する。

意味がよくわからない。

「本当のお母さんって……。だって、だって。おばあちゃんは？」

「広岡《ひろおか》家の三姉妹のうち、真保さんだけ養女なの」

「え！」

あたし、おもわず、声をあげちゃった。

「うそ……」

「わたしと真琴の祖母にあたるレイナさんは、真保さんを産んですぐに亡《な》くなったの。ダンナさまと一緒《いっしょ》に交通事故で」

「え」

「だから、そこから取って、レイナなの」

「…………」

「わたしが二十歳《はたち》になったとき、両親が話してくれた。ほんとびっくりした」

じゃあ、じゃあ。

おじいちゃん、おばあちゃんとも。

あたしやイトコたちとも。

真琴とレイちゃんは。

血はつながっていないってこと――？

「真保さん、自分が養女だって知ったとき、ものすごくショックだったって言ってた」

うちのママと真保さんは、ほんとの姉妹じゃないんだ……。
そう思ったら。
心臓にズシンと重い石が落ちた、気がした。
あたし、なんにも知らなかった……。

告白

「あの子だよ。桐島先輩《きりしませんぱい》のイトコなんだって」

「へー。全然似てないじゃん」

「先輩はカッコイイのに。イトコはまるっきりフツーだよね」

「でも、あの子、大石翼《おおいしつばさ》の娘《むすめ》なんだよ」

「え？　あのサッカー選手の⁉」

「親の七光りで、サッカー部の男子に仲良くしてもらってるんだー」


学校のカフェで、ランチを食べてたら、こっちを見てヒソヒソやってる子がいる。

全部、聞こえてるよ。

この頃《ごろ》、ときどきクラスにもあたしのこと見にやってくる子たちがいるんだ。

パパと真琴《まこと》と桜井《さくらい》のせいで、急に有名人になっちゃった。

でも、パパのこと言われるのは子供の頃《ころ》から慣れてるからいいけど。
でも、真琴とのこと、
なんて、言われると気になっちゃうな。
「似てない」
似てないはずだよ。
だって、全く血がつながってないんだもん。
うちのママと真保《まほ》さん、本当の姉妹じゃなかったんだ。
知ったときはショックだったな。
でも、もちろん、真保さんのことも、レイナさんのことも真琴のことも大好きだし。
それを知ったからって、あたしの気持ちは変わらない。
でも、でも、でも。
真琴のこと、なんだか、急に。
ひとりの男の子として意識しちゃうよ……。
「あの、あなた大石理保《りほ》さんでしょ？」
急に上級生3人組に、声をかけられた。

「あ、はい」

「食事、終わったら、時間ちょっともらえるかな？」

「え」

「聞きたいことがあるんだけど」

食事のあと、階段の踊《おど》り場《ば》まで連れていかれた。

なんだか、不穏《ふおん》な空気が漂《ただよ》ってる。

怖《こわ》い……。

「単刀直入に聞くけど、桜井とつきあってるってほんと？」

「え。そんな、つきあってません」

「でも、この前、デートしたんだって？」

「デートっていうか……」

「あのさー。前々から、言おうと思ってたんだけど」

3人が口々に、話し始める。

「桜井が、あんたに優《やさ》しくするのは、あんたの父親が大石翼だから、なんだからね。調子に乗るのやめてよね」

「べつに調子に乗ってなんか」

「でも、美雨《みう》のカレにまでちょっかい出してんでしょ？」

「出してません」

「あなたのせいで、美雨と桐島は別れたって聞いてるけど」

「ご……誤解ですっ。違《ちが》います。ふたりは仲直りしてます。ちゃんと」

「わたしだってね、ずっと桐島のこと好きだったんだからね。だけど、美雨とつきあったからあきらめたのに。なのに、あんた、二股《ふたまた》かけようなんて生意気なのよ」

どん。

ひとりに突《つ》き飛《と》ばされた。

「痛っ……」

あたし、廊下《ろうか》の床《ゆか》に倒《たお》れる。

「おまえら、なにやってるんだよ！」

そのとき、桜井が走ってきた。

バラバラ。

3人とも、廊下《ろうか》を駆《か》けて行ってしまう。

「大丈夫《だいじょうぶ》か？」

「う……うん……」

桜井の顔を見て安心したのか、涙《なみだ》がぽろぽろ溢《あふ》れてくる。

「翠《みどり》が心配して、行ってやってくれって」

「う……うん」

「ばか……泣くなよ」

泣くなよって優《やさ》しく言われると。

よけい、涙が溢れてしまう。

涙、止まんない。

桜井がポケットからティッシュを取り出す。

「ほら」

「ごめんね。いつも、迷惑《めいわく》かけて。ただのクラスメイトなのに」

「ただのクラスメイトじゃないよ」

「え……？」

あたし、顔を上げて、桜井の顔を見た。

「クラスメイト以下?」

「違《ちが》う。違う。その逆だよ。逆」

「どういうこと?」

「あー。もう、大石、信じられない……」

かしかし。

桜井がテレたように、頭を掻《か》いてから言った。

「入学したときからずっと、大石のこと好きなんだ」

!

ええええ——!!

アドバイス

桜井《さくらい》に告白されちゃった。
すごく嬉《うれ》しいけど。
あたし、即答《そくとう》できなかった。
「返事はすぐじゃなくていいよ」
って、桜井、言ってくれたけど。
でも！
桜井のこと、大好きなのに。
告白されて、すごく嬉しかったのに。
どうして？
どうして、即答できないんだろ？
ヘンだ。

あたし、ヘンだ。
どうしてなんだろ？

血がつながってない。
って聞いてから。
なんだか、急に、真琴《まこと》のこと意識しちゃって。
パジャマ姿や寝起《ねお》きのひどい顔で顔を合わせるのが、急に恥《は》ずかしくて。
真琴のこと、ちょっと避《さ》けぎみなんだ。
桜井のこと、真琴に相談しようかと思ったけど。
でも、真琴は、今日のお昼も学校のカフェで美雨《みう》さんとベタベタしてて。
ムッとしたから、ヤメたんだ。

そんなふうに悩《なや》んでた、週末。
渡伯父《わたるおじ》さんは、1泊2日《ぱくふつか》で研修旅行。
真保《まほ》さんは、通訳の仕事で1泊2日で大阪《おおさか》へ。
なんと真琴とふたりっきりで、一晩過ごすことになっちゃったんだよね。

どうしよう……。
土曜日、リビングで英語のリーダーの宿題をやっていると。
「ただいま！」
バスケの部活を終えた真琴が帰ってきた。
すごく機嫌《きげん》がいい。
ハミングなんかしちゃって。
美雨さんとうまく仲直りできたから。
あたしが約束を破ったこと。
逆に、ラッキーだったと思ってるのかな。
あれから、全く、そのことに触《ふ》れないし、怒《おこ》りもしない。
あの晩、真琴が帰ってきたのは、ほんとに深夜2時だったし。
ああいうときって、どこに行ってるんだろ？
ほんとにラブホとかなのかなぁ……。
やだやだ。
考えたくない。

「おっ。真面目《まじめ》に勉強してるじゃん？」

「宿題だもん」

「じゃ、それ一段落したら、夕食の買い物行くか？」

真琴、あっけらかんとしてる。


それから、ふたりで近所の商店街へ出かけた。

「真琴。なんにする？」

「ガッツリ食いたい気分」

「パエリヤはどう？」

パエリヤって魚介類《ぎょかいるい》を入れたスペインの炊《た》き込《こ》みご飯だよ。

「おっ。いいね。理保《りほ》作れるの？」

「うん。得意」

「やったね！　じゃ、メニュー決定!!」

「海老《えび》とあさりとイカを買わなきゃ」

たくさん買い物して、家に帰る途中《とちゅう》。

あたし、聞きたかったことを聞いてみた。

「真琴。美雨さんと仲直りしたんだね？」

「うん。理保が約束すっぽかしてくれた、おかげ」

「だよね。あたしに感謝してよ」

「いばるなよ。で？　そっちは、どうなんだよ。桜井と？」

「……告白されたよ」

「え。マジ？」

真琴の驚《おどろ》いた表情。

「へー。あいつ、勇気あるじゃん」

「あの、あたし、桜井とつきあったほうがいいと思う？」

「なんで、そんなことオレに相談するんだよ？　好きなんだろ？」

「だって、男の子とつきあったことないし」

「好きなんだから、つきあえば」

真琴の即答《そくとう》が、少し寂《さび》しい。

「そうだよね……。うん。そっか」

「理保に告白してくれる男なんて、めったにいないんだから、のがすなよ」

「ひどーい。そんな言いかたないじゃないっ」

「ま。これで、おまえらがつきあったら、美雨の機嫌《きげん》も直るだろ」

「どういうこと？」

「ま、オレたちのもともとのケンカの発端《ほったん》は、理保だから」

「え？」

「一緒《いっしょ》に住むのがそうとうイヤだったみたいだな。美雨」

「そうだったの？」

「でも、桜井とつきあうことになったって言ったら、安心するだろ」

「………」

「理保とやったみたいにジャングルジムの上でシャボン玉やりたいって。あいつも、ほんと負けず嫌《ぎら》いだよな」

「そうだったの？」

あれは、そうだったんだ。

「美雨さんも、そんな気にしなくていいのにね」

「だよな？　あいつもなに勘違《かんちが》いしてんだか」

真琴の言葉が、すうっとミントみたいに心に染《し》みる。
そうだよね。
あたしも、ほんとに、もう。
真琴離《ばな》れしなくちゃ……。

「決めた。あたし、桜井とつきあう！」

いじわるな彼女

「真琴《まこと》、お米洗わずに、オリーヴオイルで炒《いた》めて」

「えっ？　このまま？」

「そうそう。塩、こしょうもしてね」

「オッケー」

キッチンで料理を作り始めたら。

ピンポーン。

チャイムが鳴った。

「誰だろ？」

「ヘンな勧誘《かんゆう》かも？」

「一緒《いっしょ》にきて」

「いいよ」

火をいったん止めて、ふたりで玄関《げんかん》へ。

「こんばんはー」

ドアの向こうから、女の人の声。

「美雨《みう》？」

真琴がドアを開ける。

「どした、突然《とつぜん》？」

「今夜、ご両親いないんでしょ？　だから、料理の差し入れ」

立派な重箱を差し出した。

「お弁当作ってきたの」

「へえ？　美雨、できるんだ？」

「できるよ。得意だもん。女の子なら誰だってできるよ」

美雨さん、そう言うと、あたしの顔を見て笑った。

「こんばんは。理保《りほ》ちゃん」

「こんばんは……」

ミニスカートの脚《あし》。

確かにキレイだな。

あたし、そんなところばっかり見ちゃう。


「おお。うまそー」

重箱の蓋《ふた》を開けて、真琴が歓声《かんせい》あげてる。

「すごいじゃん。美雨〜！　やるなー」

「もっと褒《ほ》めて！」

すっごい豪華《ごうか》なお弁当。

車海老《くるまえび》にローストビーフにそら豆に出し巻き卵。

いろんなおかずが、おいしそうに詰《つ》めてある。

「デザートに和菓子《わがし》も買ってきたの」

「おっ。うまそー」

「真琴好きだもんね。福田屋《ふくだや》のイチゴ大福」

「おっ。福田屋。やったね！」

へえ。

そうなんだ。

真琴、イチゴ大福が好きなんだ。

知らなかった……。

子供の頃《ころ》は、ケーキしか食べなかったのに……。


「あ。夕御飯《ゆうごはん》作ってる途中《とちゅう》？　ごめん」

「いいって。まだ途中だし。今日は、美雨の弁当を食うよ」

「ほんと？」

「理保。パエリヤは明日でいいよな？」

真琴が言う。

「うん」

せっかくここまで用意したのに……。

せっかく、今までふたりで楽しかったのに。

これじゃ、まるで、あたしがオジャマ虫だよ。

「ごめんね。理保ちゃん」

美雨さんが、急に言った。

ギクリ。

心の中、覗《のぞ》かれちゃってる……。

あせるなー。

「お箸《はし》どこかな？　テーブルセッティング手伝うね」

美雨さんが、テキパキと、箸置きを並べ始める。

「真琴。グラスどこ？」

「グラス？」

「ワイングラス。へへ。ワイン持ってきちゃった」

美雨さんが、紙袋《かみぶくろ》からボトルを取り出す。

「おっ。未成年なのに」

「うちにあったの持ってきちゃった。飲んじゃわない？」

なんだか、ヘンなことになってきた。

美雨さんのお弁当をおつまみに、ふたりともワインを飲み始めた。

未成年のくせにー。

「かんぱーい」

ふたりでグラスをあわせてる。

「理保ちゃんは、飲まないの？」

「あ。あたしはアルコールは全然だめなんです」

「そうなの？　残念ねー」

「理保はガキだから、ジュースでも飲んでな」

「真琴ってば、ひどーい」

「あっ。そうだ。美雨。こいつ、桜井《さくらい》に告白されたんだぜ」

ひどい。

真琴ってば、そんな大事なこと、ペラペラと。

「え？　うそ？　サッカー部の可愛《かわい》い桜井くん？」

「そうそう」

「やるじゃなーい。理保ちゃん」

「で、つきあうことになったから。もう、オレたちのこと心配すんなよ」

椎名葡萄酒

「やだ。心配なんてしてないよ。最初っから」

美雨さん、ぐいぐい、ワイン飲んじゃって。

なんか……あたし居心地《いごこち》悪い。

もう、ふたりから離《はな》れたい……。


美雨さん、最初は陽気だったけど。

そのうち、だんだん。

目が据《す》わってきた。


「美雨。大丈夫《だいじょうぶ》か？」

「酔《よ》っぱらっちゃった」

美雨さん、近寄った真琴にぎゅうっと抱《だ》きつく。

ひえ。

「ソファで横になるか？」

「うん」

ソファに横になった美雨さん。

ぐい。

真琴の手を引っ張って。

真琴が、

「うわっ」

美雨さんの上に倒《たお》れた。

「真琴ぉ」

美雨さんが、ぎゅうっ、真琴に抱《だ》きついてる。

！

「ちょっと。美雨。理保が見てる」

真琴が美雨さんを押《お》し戻《もど》した。

「いいじゃない。見てたってー」

「でも、なぁ」

「なによ？　理保ちゃんに見られたら、困るっていうの？」

キッ。

美雨さんが真琴を睨《にら》みつけた。

しゅ……酒乱？

「いつでも、理保、理保って。真琴、おかしいんじゃない？」

「なに言ってんだよ」

「あたしが気がつかないとでも思ってるの？」

「美雨。やめろって」

「真琴は理保ちゃんにイトコ以上の気持ち、持ってるよねーえ」

そう言うと。

ぼろぼろ。

美雨さん、泣きだした。

「わかってるんだから。あたしと一緒《いっしょ》のときより、理保ちゃんと一緒のときのほうが、真琴、楽しそうだもんね」

「美雨」

「だから、今夜、ふたりっきりにしといたら、危ないって思って、乱入したのよ」

なんか、ヤバイ雰囲気《ふんいき》。

「真琴」

あたし、立ち上がる。

「あたし、自分の部屋行ってるね。オジャマ虫だし」

あたしがリビングから退散しようとすると。

「待ちなさいよ！」

美雨さんのおっかない声がした。

びくう。

あたしの脚《あし》がすくむ。

「あんただって真琴のこと好きなくせに。イトコじゃなくて、ひとりの男として意識してるくせに！」

くるり。

振《ふ》り向《む》いて。

あたし、叫《さけ》んでた。

「あ……あたしの好きなのは、桜井です」

「ウソつき。自分の気持ちに、正直になりなさい！　今日だって、あたしがきたら、イヤーな顔してたわよ」

「え！」

「ごめんな。理保。こいつ、そうとう酔《よ》ってるから。気にしないでいい。2階に行ってろよ」

「うん。失礼します」

あたし、逃《に》げるように階段を駆《か》け上《あ》がって、自分の部屋に入った。

心臓がドキドキしてる。

美雨さんってば、なに言いだすのよ。

酔《よ》っぱらいなんだから。

サイテー。

でも——。

美雨さんの言葉が胸につきささってる——。

——あんただって真琴のこと好きなくせに。イトコじゃなくて、ひとりの男として意識してるくせに！

ベルベットの夜

カーテンの向こうはベルベットの黒。

闇《やみ》。

そして、サラサラ。

いつのまにか、銀色の雨が降りだした。


コンコン。

ドアがノックされる。

「入るぞ」

「うん」

真琴《まこと》が顔をのぞかせた。

「どした？　美雨《みう》さん」

ほっといて！　タクシーくらい自分で拾えるって」

※

「帰った」

「え？」

「あのまま寝《ね》ちゃって。急に起きたと思ったら、『帰る！』って」

「えー」

「酔《よ》ってて危ないから送るよって言ったら、また、ほっぺたバシーンて叩《たた》かれて、ほっといて！　タクシーくらい自分で拾えるって」

「キてるね……」

「一応、タクシーに乗せて。運転手さんに頼《たの》んで。それで、戻《もど》ってきた」

「そう」

「ごめんな。騒《さわ》がせて」

「ううん」

「せっかく楽しい週末だったのにな」

「いいの。美雨さんのお弁当、おいしかったし」

「あいつ、料理なんてできないもん。あれ、絶対、デパ地下のお惣菜《そうざい》を詰《つ》めただけだよ」

「え？」

「理保《りほ》が料理うまいってオレが言ったから。理保の手前、見栄《みえ》張ったんだろうな」

「そう。なんかちょっといじらしいね」

美雨さん、真琴のことそれほど好きなんだ。

「泣いてたな。あいつ」

「うん」

「気が強いくせに、ああいう弱いとこ見せられると……弱いよ」

「あたしも」

「しっかし、あいつも酒癖《さけぐせ》悪いよなー」

「ちょっとびっくりした」

「かなりだろ？」

あたし、思わず、吹《ふ》き出《だ》す。

「うん。そうとう」

「なぁ、理保」

「うん？」

「あいつの言ったこと、気にすんなよ」

「気にしてないよ。じゃ、おやすみ」

「おやすみ」

真琴が、あたしの部屋を出ていった。

と、思ったら。

どーん！

廊下《ろうか》で、すんごい物音がした。

「真琴⁉」

あたし、慌《あわ》てて、廊下に出る。

真琴が、廊下に転がってる。

「いってー」

「どうしたの？」

「酔《よ》っぱらった」

「真琴も飲んでたもんねー」

「美雨が飲ませるんだよ。ワイン」

「うわっ。お酒くさい」

「親父《おやじ》のブランデーも空《あ》けちゃって」

「あーあ。伯父《おじ》さん、怒《おこ》るよ」

「まいった……」

「立てる？」

「……うん」

立ち上がろうとして。

真琴、脚《あし》がもつれて、

「危ない！」

また、転びそうになる。

「あたしに、つかまって」

「めんぼくない」

「もー。酔《よ》っぱらい」

「ごめん」

「うわっ」

「重いだろ？」

「重いよーっ。でかいもん、真琴」

よろよろしながら。

真琴の部屋のベッドまで運ぶ。

ぜえぜえ。

「息が切れる〜」

「運動不足なんだよ」

「しょうがないじゃん」

「美術部なんて辞《や》めて、女子バスケに入れ」

「ムリムリ。体育会系は」

「ちっ。軟弱《なんじゃく》」

「ほら。真琴のベッドだよ」

「うん」

「うわっ。きゃっ」

どさっ。

真琴のベッドに共倒《ともだお》れ。

「理保……」

そのとき。

真琴がぎゅうっ。

あたしのこと抱《だ》きしめた。

ズキッ。

胸の奥《おく》が痛む。

「理保」

「ま……まこちゃん？」

「理保は、ほんっと、変わんないな」

「悪かったね。変わんなくて」

「いや。そこがいい」

真琴が中学生になってからは、真琴も男同士で騒《さわ》ぐほうが多くなっちゃって。

自然と会わなくなっちゃった。

そしたら、真琴、すぐに彼女つくっちゃって。

あたしは、ほんとは寂《さび》しかったんだよ。

「いいにおいがする……」
真琴が、あたしの髪《かみ》をくしゃくしゃっと両手でかき回した。
！
あたしの心臓。
爆発的《ばくはつてき》に高鳴ってる。
ど……ど……。
どうしよう。
ベッドの上だし。
ふたり、密着して、抱《だ》き合《あ》っちゃってるし。
この展開って……。
かなりマズいんじゃないの？
あたしたち、ほんとの血縁《けつえん》じゃないんだし……。
でも、真琴の腕《うで》の中はあったかくて。
あたし、離《はな》れられないよ。
真琴の大きな手が、あたしの背中を撫《な》でていく。
そして、ぎゅっ。

強く抱《だ》きしめられて。

真琴の唇《くちびる》が、そっとあたしのほっぺに触《ふ》れた。

！

びっくりして体がすくんじゃう。

でも、真琴の手が強い力で、あたしのこと押《お》さえてて動けない。


「こうしてると、思い出すなぁ」

真琴がぽつりと言った。

「なにを？」

「ホルストを」

「はッ？」

「親父《おやじ》にはすっげえ怒《おこ》られたんだけど。よくこうやって、一緒《いっしょ》に寝《ね》たんだ」


ガーン。

なにそれ？

じゃ、あたしは、犬の身代わり？

柴犬《しばいぬ》なの？
これって愛犬へのキスなの？
ガーン！
しかも。
そう言うと。
真琴、こてん。
寝《ね》ちゃったんだよね――。
もー。
信じられないヤツ‼

きのう見た夢

「きゃーっ。なんで、一緒《いっしょ》に寝《ね》てるの！」

遠くで、真保《まほ》さんの声が聞こえる。

「どうしよう。ワタルちゃん。真琴《まこと》と理保《りほ》が大変なことに！」

ばたばたばた。

階段を駆《か》け下《お》りる音。

カーテンのすき間から、太陽の光がキラキラ。

窓際《まどぎわ》に押《お》し寄《よ》せる光の波。

はっ。

あたし、目を覚ます。

なに……今の？

夢？

きのうのキスも全部、夢？

そうかもね。

だって、あたしの横には真琴が寝《ね》てる――。

そっと真琴の髪《かみ》に触《ふ》れてみる。

あれ？

本物？


「ワタルちゃーん」

真保さんの悲鳴が聞こえる。

マジだ。

現実だ。

真保さんと伯父《おじ》さん、帰ってきたんだ。

「うわーっ」

がばっ。

あたし、跳《は》ね起《お》きる。

やだ。

あたし、真琴と一緒《いっしょ》にベッドであのまま寝《ね》ちゃってた⁉

服……服は着てる。

大丈夫《だいじょうぶ》。

マズイことはしてない。


「真琴。真琴」

揺《ゆ》り動《うご》かす。

「うーん。まだ、眠《ねむ》い」

真琴、また、毛布にくるまってしまう。

「真琴。真琴。起きて。真保さんたち帰ってきたよ」


今、何時だろ？

時計を見る。

げっ。

もう、お昼？

なんで、こんなに熟睡《じゅくすい》しちゃったんだろ？

やばいよ。

ふたりで一緒《いっしょ》にベッドで寝《ね》てたら。

とにかく誤解とかなくちゃ！

あたし、飛び起きて、階段を急いで下りていく。


「真琴の部屋で、ふたりベッドに一緒に寝てた！」

真保さんが大声出してる。

あたし、気まずくて、リビングに入れない。

ドアの前で立ちすくむ。

「子供の頃《ころ》は、いつも一緒に寝てたじゃないか」

伯父《おじ》さんは余裕《よゆう》の表情でお茶なんか飲んでる。

「それは小学生の頃でしょ⁉　ふたりとも、もう高校生なのよ！」

真保さんが、あわあわしてる。

こんな真保さん、初めて見た。

「なにかあったら……翼《つばさ》になんて言うのよ。大事な大事な娘《むすめ》なのよー。もし、ホントに理保が妊娠《にんしん》でもしたら、翼に顔向けできないわよっ」

そんなこと。

してません！

「考えすぎだよ」

「もー。ワタルちゃん、なにのんきなこと言ってんのよーっ」

真保さん、オロオロしちゃってる。

「今どきの高校生はススんでるんだからねっ」

「ああ、じゃあ、真琴は真保に似たんだな。真保、そうとうの遊び人だったもんな」

「そんなハナシは、今は関係ないでしょ」

へー。

そうなんだ。

真保さんって、遊び人だったんだ。

その頃《ころ》の話。

どんなだったか聞いてみたい気もするなぁ。

「それに、第一、真琴には美雨《みう》ちゃんがいるだろ？」

伯父《おじ》さんが笑った。

「理保にもカレができたみたいなのよ。桜井《さくらい》くんって、翼にそっくりな子」

へえ。

真保さんから見ても、そう見えるんだ。

「なのに、こんな複雑なことになっちゃって。心配じゃない。四角関係よ」

「そんな慌《あわ》てるなよ。いいじゃないか。それで、真琴と理保がつきあったって」

「でもッ」

「真保は、理保が生まれたとき、ふたりを結婚させるって言ったくせに」

え……？

初耳。

「それはあたしの不純な動機よ」

真保さんがため息をつく。

「あたし、広岡《ひろおか》家の養女じゃない。ひとりだけ血がつながってないし」

「まだ、そんなこと気にしてたのか？」

「気にしてるよ！」

真保さんがわめいた。

「だから、あたしの子供と果保《かほ》の子供が結婚して、そしてその子供が生まれたら、ほんとの意味で、みんなが広岡家の家族になれるような気がしたのよ」

「ばかだな。もう、とっくに家族だよ」

伯父《おじ》さんが真保さんを抱《だ》き寄《よ》せた。

「ワタルちゃん」

「オレたちだって、最初は他人だったんだ。結婚して、ちゃんとこうして家族になったんだろ？」

「うん。ごめん」

あたし、ふたりを見て感動してた。

真保さん。

いろいろ悩《なや》んで苦しい時期もあったんだろうな。

あたしが、今、もし。

自分が、パパとママと血がつながってないって知ったら。

ものすごくショックで家出しちゃうかも。
妹の菜保《なほ》とも、ほんとの姉妹じゃないって知ったら……。
悲しくて悲しくて、ヤケになっちゃうかも。
それに。
そのうち。
ほんとうのお父さんとお母さんに会いたい。
そう思って苦しむだろうな。
真保さんは……、そういう10代を過ごしてきたんだ。
渡伯父《わたるおじ》さんも、生まれつき心臓が悪くて。
生きるか死ぬかの大手術をしてるって聞いた。
あたしみたいに、こうして健康に普通《ふつう》に生きていられるって。
普段は意識しないけど、ほんとうは、とってもとっても幸せなことなんだよね。
ラッキーなことなんだよね。
「伯父さん。おばさん」

ガチャッ。

ドアを開けてリビングに入る。


「理保」

伯父《おじ》さんがこっちを向く。

「おばさん禁止って言ったでしょ！」

真保さんが怒鳴《どな》る。

「あっ。ごめんなさい」

急に、感動が引《ひ》っ込《こ》む。

やっぱ、こういうところ、真保さんと真琴ってそっくり……。

「真琴は？」

「まだ、寝《ね》てます」

「騒《さわ》いで悪かったね」

伯父さんが、笑った。

「理保。日本茶、飲む？」

「はいっ。いただきます」

「いつも食事を作ってもらってるからね。今日の理保のブランチは僕が作ろう」

「ありがとうございます。あの。伯父《おじ》さん、おば……真保さん」

「なんだい？」

「あたしと真琴、ほんとに兄弟みたいに仲良しなだけですから。ほんとに、心配しないでください」

あたし、そう言うとペコリと頭を下げた。

「いーのよ。べつにつきあったって」

真保さんが言った。

「でも、そうなったら結婚してほしいわけよ。数か月で別れるとか、理保のヴァージンだけ奪《うば》ってポイっていうのが、わが息子《むすこ》だとヤバイじゃない？」

！

真保さんの言葉に、あたしと伯父さんの目がテン！　になった。

夏がやってくる

その日の夕方。

庭で花に水をやっていると。

ひどい二日酔《ふつかよ》いの真琴《まこと》が、やっと起きてきた。

「理保《りほ》。頭いてーっ」

「大丈夫《だいじょうぶ》?」

「きのうのこと、オレ、よく覚えてないんだ。オレ、なんで、理保と一緒《いっしょ》に寝《ね》てたんだ?」

「真琴。サイテー。早くもボケ入ってるんじゃない?」

なによ。じゃあ、きのうのキスも覚えてないってわけ?

サイアクだ……。

やっぱり、あたし、桜井《さくらい》とつきあおうっと。

こんなヤツにときめいたって青春の浪費《ろうひ》だ！

「美雨《みう》のヤツ、大丈夫《だいじょうぶ》かな？　あいつ、そうとう理保に嫉妬《しっと》してたな」

「ただのイトコだって、言ってあげてよ」

「ほんとはイトコじゃないけどな」

「えっ？」

「聞いたんだろ？　レイナから？」

「……うん」

「びっくりしたろ？　出生の秘密とかって、そんなことほんとにあるんだな？」

「ね？　真琴は、どうやってそのこと知ったの？」

「レイナが二十歳《はたち》になった晩、リビングで、親父《おやじ》たちがその話をレイナにしてんの聞いちゃったんだ」

「じゃあ、同時に知ったんだ」

「そういうこと。ま。オレが知ってるってことは、親父もオフクロも知らないけどね」

「聞いたとき、どう思った？」

「そんときは、へえーって感じだったけど、まあ、うちの一族は仲良しだし、なんも変わんないよな、って感じだった。たいしたことないって」

「そうだよね」

「でも、まあ、それから少したって、ふっと思ったんだ。つまり、オレとレイナは、理保や菜保《なほ》とも、ハワイのイトコたちとも血がつながってない赤の他人なんだなって。そう気がついたときは、少し落《お》ち込《こ》んだ」

「ばか。赤の他人じゃないよ！」

あたし、カッときて叫《さけ》んだ。

「イトコだよ。あたしたちイトコだよ」

「理保？　なんで、おまえがムキになるんだよ？」

すみれ色に染まる空。

ちっちゃなダイヤモンドみたいに。

いちばん星が輝《かがや》く。

気の早い初夏の風。

ふわり。

緑の芝生《しばふ》に舞《ま》ってる。


「真琴。あたし、前に本で読んだんだ」

「なんだよ。唐突《とうとつ》に？」

「たとえ、一卵性双生児《いちらんせいそうせいじ》だって違《ちが》う環境《かんきょう》で育つと、全く違う人格に育つって」

「まあ、そうだろうな」

「つまり、人間っていうのは遺伝子の情報だけでできてるんじゃないってこと」

「うん」

「育った環境が大切なんだよ。うちのママにとって真保さんは大好きなお姉さんだし、あたしにとって、真琴は大切なイトコだよ」

言いながら。

涙《なみだ》が溢《あふ》れる。

「なんで、理保が泣くんだよ？」

涙が止まんない。

「わか……わかんない」

潮が満ちるように。
ひたひたと夜が押《お》し寄《よ》せてくる。
真琴の顔が、ぼんやりとにじんで。
真琴が、そっとあたしの手を握《にぎ》る。
あったかい手のぬくもり。
暗闇《くらやみ》がふたりを隠《かく》してくれる。

さわさわ。
庭の木々がささやくように鳴ってる。
なにもかもがせつなくて。
なにもかもが、子供の頃《ころ》みたいになつかしい。
小学生のとき以来。
あたしたち、初めて手をつないだね。
手が触《ふ》れた瞬間《しゅんかん》。
心の中に風が吹《ふ》く。
春の終わりを告げる風。

夏の始まりを告げる風。
これから、あたしたち、どうなるの？
わからない。
わからないけど。
今はいい。
今はこのままがいい。

そうして。
あたしと真琴は手をずっとつないで。
庭に立っていたんだ。
そして、深く息を吸《す》い込《こ》んで、瞳《ひとみ》を閉じた。
今年の夏は、どんな夏になるんだろう？
あたしと真琴になにが起こるんだろう？
神様の声が聞こえるように。
静かに静かに耳をすましながら——。

あとがき

読んでいただいて、ありがとうございます！

小林深雪《こばやしみゆき》です。

おなじみのみなさま。

いつも、毎度のごひいき、ありがとうございます。

この本で、初めてお会いするあなた！

お会いできて、こんなに嬉《うれ》しいことはありません！

それから、三月のわたしの誕生日に、カードやプレゼントを贈《おく》ってくださったみなさん。ほんとうにありがとうございます。

今年も、入浴剤をいっぱいいただいたので、毎晩、とっかえひっかえ愛用中です。

特にグレープフルーツのヤツがお気に入り。

前に、「あとがき」で気分転換は入浴！

って書いたのを、みんな、覚えてくれてたみたいでほんと感激。

そして、ご意見、ご感想もたくさんありがとう。

果保《かほ》シリーズと『奇跡《きせき》を起こそう』三部作が続けて終了《しゅうりょう》したので、今回は熱い感想が特に多くて、読むのがほんとに楽しかった。

みんな、だいたい気に入ってくれてるみたいで、ほっとしました。

これからも、お手紙、たくさん待っています！

それから、みんなが同封してくれるプリクラはノートに全部張ってるよ！


さて、そして。

これでもかっ！

まだ、出すのか！

という声も聞こえそうな、四代目シリーズがスタートしました。

ティーンズハート通算、89冊めです。

次の本で90冊めなんだね。ひえーっ。

でも、じつは、もう、毎回、青息吐息《あおいきといき》。

「もう、一文字も書けない」

と、思いながら書いてるんです……とほほ。

だけど、友達が、

「ここまできたら、とにかく100冊書かなきゃ！

哀川翔《あいかわしょう》主演映画100本記念に負けるな！」

と、ワケのわかんない励《はげ》ましをしてくれたんで、それを目標にがんばろうと思っております（？）。

みなさま、これからも応援《おうえん》してやってください。

そして、翼《つばさ》と果保の娘、主人公の名前は、「理保《りほ》ちゃん」になりました！

みんな、手紙に予想を書いてくれてたんだけど、正解者多数！　でしたよ。

リヒトの理から一字もらったのでした。

ということで、好評！　読者のみなさまの質問にお答えしますのコーナー！　です。まず、今回は、とっても多かった質問から。
☆今年の春から中学生です。可愛《かわい》い制服の着こなし方法を教えてください！
（宮城県／てんか）

♪春だよね、新年度。

入学、進級、入社、その他いろいろ、みんな、おめでとう！

うーん。制服かぁ。

わたしが学生だったのは遥《はる》か昔（ふっ。遠い瞳《め》）。

まあ、うちの中学も高校も、校則がすっごく！　厳しかったから、制服をいろいろアレンジなんて、まるでできなかったな。

おまけに昔だから、制服もダサかったしなぁ……。

でも、やっぱりオシャレしたいじゃない？

毎日、同じだとあきちゃうし。

だから、わたしも高校のときは、ローファーじゃなくて白いスニーカーにしたり、ソックスに凝《こ》ったり、ささやかにいろいろやってました。

でも、それでも、風紀の先生に呼び出されて怒《おこ》られたりもしてたけどね。

今は、どこの学校も、可愛《かわい》い制服でほんとうらやましい。

で、制服の着こなしですが。

これは、もうズバリ！

清潔感でしょう。

わたしも職業柄《しょくぎょうがら》、ついつい、よく行く自由《じゆう》が丘《おか》や渋谷《しぶや》で、制服姿の女の子を観察してしまうんですが……。

「ああ、制服姿が似合ってて可愛《かわい》いなぁ！」

って思うのは、まず清潔感のあるコ。

どんなに顔が可愛くても、プリーツスカートのヒダがよれよれになってたり、シャツがしわしわだったりすると、かなりマイナス。

これは、わたしの知り合いの男の子たちも、みんな言ってます。

あと、

「制服姿で電車の中で、化粧《けしょう》するのだけはやめてほしい！」

そうです。

と、話が脱線《だっせん》しましたが。

大事なのは、まず、アイロンがけ！　だね。

あと、気になるのがスカート丈《たけ》。

ここ数年、ウエストを折って丈を短くしてるコが多いんだけど、あれ、やりすぎるとプリーツのうしろのひだがヘンに開いちゃったりしててカッコ悪いんだよね。

細かいことだけど、ウエストを折るとき、気をつけてほしい。

あと、丈《たけ》をウルトラミニにしてるコも多いけど、

「下着見えてるよー」

ってコもけっこういて、ドキッとする。

いやー、もったいないですよ。

ただで、パンツまる見せ（？）は！

制服によって似合う丈は違うと思うけど、基本的には膝《ひざ》こぞうがチラッと見えるくらいがわたしは可愛《かわい》い～！　と思うんだけどな。

制服をすごくアレンジして着ていったら目立っちゃって、上級生に呼び出されたってお手紙も何通かあったしね（こわッ）。

そのヘンどうなんだろう？

可愛い制服の着こなし。

現役の中・高校生のみんな。

新中学生に、アドバイスお願いします！
☆私はすっごく目が悪いんです。でも、メガネが似合わなくて、ものすごいコンプレックスです。コンタクトにしようかなーと思うんだけど、どう思う？

（東京都／ヤヤ）


♪じつは、わたしもすごく目が悪いんです。

0・1以下。

高校生のときからコンタクト愛用中です。

今は1日で使い捨てのヤツにしてるけど、これは、ほんとうに便利で快適。

でも、10代だったら、仮性近視ってこともあるし、視力回復できるんじゃないかな？

わたしの友達にも、遠くを見るようにして治したコがいるよ。

眼科で相談してみては？

☆私の夢は海外留学です。前まではアメリカって思ってたんだけど、「ロード・オブ・ザ・リング」を見て、ニュージーランドもいいなーって思ってます。深雪さんは、海外留学の経験はありますか？

（秋田県／エルフ）


♪留学の経験は、残念ながらないの。

ただ、姉がロンドンに留学していたので、そのとき二週間ぐらいホームステイ先のお宅に泊《と》めてもらったことがあって、それはすごく楽しかった！

イギリスの家庭料理を作ってもらったり、犬と遊んだり、マーケットに買い物に行ったり。その国のことがよくわかるし、ホームステイはほんとにオススメ。

わたしも、そのうち、1年くらい海外で暮らしてみたいなぁ。

そういえば、さっき読んでたファンレターに、

「ハワイに短期ホームステイしてきました！　ホストファミリーのお父さんは、なんと、キアヌ・リーブスの従兄弟《いとこ》だったんですよ！」

っていうのがあったよ。いいなー！

わたしもそこにホームステイしたいので、詳《くわ》しい情報を教えてください（笑）。

そして、重要なこと。

その従兄弟はキアヌに似てるの？　そのヘン、どうなの？


というわけで、そろそろページがなくなってきました。

担当の渡辺順子《わたなべじゅんこ》さん。毎度毎度毎度……ご迷惑《めいわく》かけてます。

ほんとに毎度すぎて、すでにあきらめの境地かもしれませんが……見捨てないでください……（うううう……）。

そして、イラスト担当の牧村《まきむら》久《く》実《み》先生。

いつも、いつも、可愛《かわい》いイラストをありがとうございます！

久実ちゃんと小林がタッグを組んでいるシリーズ、KC『**夢みることはやめられない③**』も出たよ〜！

そして、わたしは、現在、あゆの7話めの原作を書いているところ。

秋には「ザ・デザート」に100ページ読み切りで掲載《けいさい》されると思うので、読んだことのないかたは、ぜひKC①〜③で予習をしておいてください！

それから、同じく「ザ・デザート」で、もうひとつ、『**シー・ラブズ・ユー！　フラれる女**』というシリーズの原作も書いています。

こちらは、春名里日《はるなりか》先生とのコンビです。

ホレッぽくて恋愛一直線なんだけど、なぜだか、いつも、男にフラれちゃう！　という涼子《りょうこ》が主人公です。

こちらも、ぜひ、ぜひ、読んでください！　楽しいよ。

そして、次のティーンズハートは、7／5発売。

理保シリーズの2冊めが出ます！

タイトルは、

『女の子のヒミツ』

です。

なにやら、イミシンでしょ？
理保と桜井《さくらい》と真琴《まこと》と美雨《みう》の四角関係は、いったい、どうなる？
では、今度は、夏に、また会おうね！

２００４年４月　小林深雪

小林深雪先生の『女の子のホンキ』、いかがでしたか？
小林深雪先生、イラストの牧村久実先生への、みなさんのお便りをお待ちしております。

♡小林深雪先生へのファンレターのあて先♡
〒112-8001　東京都文京区音羽２-12-21　講談社　X文庫「小林深雪先生」係
♡牧村久実先生へのファンレターのあて先♡
〒112-8001　東京都文京区音羽２-12-21　講談社　X文庫「牧村久実先生」係

ガールフレンドになりたい!

I-WANNA BE A GIRLFRIEND

Vol.82　わたしは冷たい女?　の巻

ホントの自分はそうじゃないのに誤解されてる、って思ったことはない? ホントをわかってもらう方法はある?

好きな男の子に冷たい女だって思われてたんです。すごくショック。

わたしは素直《すなお》じゃない。自分の気持ちを正直に出すのが苦手。すごくツライことがあっても「ツライ」って人に言えない。「ぜーんぜんヘイキ。だいじょーぶ」って明るく言ってしまう。ドラマを観《み》て、感動して泣きそうになっても、ぐっとこらえてしまう。だって、なんだかそんなのはずかしい。「チョー感動。泣いちゃったぁ」なんて騒《さわ》いだりするほうが、カッコ悪いと思ってしまう。ずっと、それでいいやと思ってたんだけど、最近、好きな男の子に「冷たい女」って思われてることが判明して大ショックなんです。（福島県・JOE）

感情を素直《すなお》に出すことは、恥ずかしいことでも、カッコ悪いことでもないんだよ。

わたしが小学生のとき、クラスの友達数人と映画を観《み》に行ったことがあって、その映画はラストで主人公の女の子が死んじゃうストーリーだったんだけど、わたしはボロボロ泣いちゃったの。そしたら、映画が終わったあと「うわ。泣いてるーッ」ってすごくからかわれて、そのとき、すごく恥《は》ずかしかったし、自分はなんてカッコ悪いんだろうと思ったんだよね。だから、気持ちはすごくよくわかる。それから、友達と映画に行ったときにはどんなに感動しても泣かないよう気をつけてたんだけど、それもけっこう疲《つか》れちゃって。なんだか自分の「本音」を隠《かく》してる感じがして。やっぱり、本音を隠してる人には、人間親しみを感じないし、友達になりたくないと思うよ。面白《おもしろ》いって思ったら笑って、辛《つら》いんだったら泣いちゃう人のほうが、やっぱり正直で裏表がないと思わない？　自分から壁《かべ》を作らないで、たまにはホントの気持ちを話すようにしてみようよ。「けっこう可愛《かわい》いとこあるじゃん」って、彼も思ってくれるはず。

小林深雪先生が、あなたの悩みにお答えします！　お便りたくさん待ってます。なお、お便りが採用された人には、深雪先生が選んだ、ささやかなプレゼントをお送りいたします。
〒112-8001　東京都文京区音羽2-12-21
講談社　X文庫「小林深雪のガールフレンドになりたい！」係

こんにちは 牧村久実です 〇才シリーズも、とうとう
4代目！ すごすぎです、深雪先生!!
そして人物の描き分けが出来ない自分は
ダメダメです…スミマセン うううう……。
新シリーズということで、イメージ一新!?
今回の表紙イラストはCGで描いて
ます。まだまだ不慣れなので
違和感、感じてしまったら、ごめんな
さいです。CGは描き直しも
出来て色んなことが試せるけど、
基本はやっぱり手描きの方が
好きです。両方が上手く
使い分け出来るように、な
りたいです。
トホ〜
告知は、ザデザ7月号(6月10日頃
発売)に「桜の舞う季節」という
漫画を描きます。ヨロシクです!!
KUMI.M
4月記

N.D.C.913　216p　15cm

小林深雪（こばやし・みゆき）
3月10日生まれ。うお座のA型。武蔵野美術大学空間演出デザイン学科卒業。小説家、漫画原作者として活躍中。

講談社X文庫

TEEN'S HEART

女《おんな》の子《こ》のホンキ

小林深雪《こばやしみゆき》

●

2004年5月5日　第1刷発行

定価はカバーに表示してあります。

発行者——野間佐和子
発行所——株式会社　講談社
東京都文京区音羽2-12-21　〒112-8001
電話　編集部　03-5395-3507
販売部　03-5395-5817
業務部　03-5395-3615
本文印刷—豊国印刷株式会社
製本———株式会社千曲堂
カバー印刷—半七写真印刷工業株式会社
デザイン—山口　馨

落丁本・乱丁本は購入書店名を明記のうえ、小社書籍業務部あてにお送りください。送料小社負担にてお取り替えします。なお、この本についてのお問い合わせは文庫出版局X文庫出版部あてにお願いいたします。

ISBN4-06-259583-4

ホワイトハート大賞は大きく変わります！

いつも講談社X文庫をご愛読いただいてありがとうございます。新人作家の登竜門として、多くの才能を生み出してきたホワイトハート大賞が第12回より、募集要項を変更することになりました。

1
賞の名称をX文庫新人賞とします。活力にあふれた、瑞々しい物語なら、ジャンルを問いません。

2
編集者自らがこれはと思う才能をマンツーマンで育てます。完成度より、発想、アイディア、文体等、ひとつでもキラリと光るものを伸ばします。

3
年に1度の選考を廃し、大賞、佳作など、ランク付けすることなく随時、出版可能と判断した時点で、どしどしデビューしていただきます。

X文庫はみなさんが育てる文庫です。
プロデビューへの最短路、
X文庫新人賞にご期待ください！

お知らせ 第12回より、

●応募の方法

資格　プロ・アマを問いません。

内容　X文庫読者を対象とした未発表の小説。

枚数　必ずワープロ原稿で、40字×40行を1枚とし、全体で50枚から70枚。縦書き、普通紙での印字のこと。感熱紙での印字、手書きの原稿はお断りいたします。

賞金　デビュー作の印税。

締め切り　1回目の締め切りを2004年5月31日(当日消印有効)に設定します。郵送、宅配便にて左記のあて先まで、お送りください。以降は特に締め切りを定めません。作品が書き上がったらご応募ください。

特記事項　採用の方、有望な方のみ編集部より連絡いたします。

あて先　〒112-8001　東京都文京区音羽2-12-21
講談社X文庫出版部　X文庫新人賞係

なお、本文とは別に、原稿の1枚目にタイトル、住所、氏名、ペンネーム、年齢、職業(在校名、筆歴など)、電話番号を明記し、2枚目以降に1000字程度のあらすじをつけてください。

原稿は、かならず通しナンバーを入れ、右上をひも、またはダブルクリップで綴《と》じるようにお願いします。また、2作以上応募される方は、1作ずつ別の封筒に入れてお送りください。

応募作品は返却いたしませんので、必要な方はコピーを取ってからご応募願います。選考についての問い合わせには応じられません。

作品の出版権、映像化権、その他いっさいの権利は、小社が優先権を持ちます。

TEEN'S HEART INFORMATION

ティーンズハート インフォメーション

6月の登場予定（6月3日頃）

折原みと　アナトゥール星伝⑰　愛色の女性伝《レディイエンド》

7月の登場予定

秋野ひとみ　ひまわりの丘でつかまえて

風見　潤　みちのく夏祭り幽霊事件　京都探偵局

小林深雪　女の子のヒミツ

皆川ゆか　真・運命のタロット⑨上・下

★発売は2004年7月3日（土）頃の予定です。
楽しみに待っていてね！

※ティーンズハートの発売は、1・3・5・7・9・11月の5日頃です。
なお、登場予定の作家、書名は変更になる場合があります。

5月の新刊

秋野ひとみ　ひこうき雲をつかまえて

風見　潤　殺人特急〈日の出〉幽霊事件　京都探偵局

小林深雪　女の子のホンキ

皆川ゆか　《吊るされた男》、そして…　真・運命のタロット⑧　上・下